English

The Hair Collector
& Other Stories

Sherm Davis

La recolectora de cabellos
y otros relatos

Español

The Hair Collector & Other Stories

La recolectora de cabellos y otros relatos

a bilingual fiction collection
Sherm Davis

Cuentos traducidos por Eugenia Garcia Olea
Microrrelatos traducidos por Laura Santana

editados por
Geraldine Pearse & Pouneh Badiian McMaster

For my grandfather

ABE "JEFF" DAVIS

(1908-1996)

who bought a toddler a typewriter.

La recolectora de cabellos y otros cuentos

Índice

The Hair Collector
& Other Stories

Contents

I

Microrrelatos

Traduicdos por Laura Santana
Editados por Geraldine Pearse

I

Zap Fiction

Translated by Laura Santana
Edited by Geraldine Pearse

The Fatal Kiss

El beso fatal

El beso fatal

El beso fatal es aquel no dado. Has pensado repetidamente en ese momento: un destello de luz transversal a lo largo de su cara, sus ojos dispuestos, parados al pie de las escaleras en casa de un amigo y sabes que quieres besarla. Te inclinas, titubeas y el momento desaparece. Un dolor, como una memoria vacía, se revuelve en ti y lo reprimes. Ves ese rincón en casa de su amigo, cuando tus labios y almas estaban cercanas pero nunca la besaste y allí está ella – una mariposa, un imán.

Has recreado el momento tan a menudo, en masturbación, en fantasía, con infinitas permutaciones ondulantes. Ella ha sido una diosa, una cobra, un cocodrilo, una letanía de deidad en una lingüística distante. Tú haces lo que puedes para mantenerte sereno.

Ella se está cogiendo a alguien más en este momento y tú sabes que realmente tu intención no es llevarla a la cama. Tú quieres algo más irrevocable; quieres deslumbrar su corazón. Radiografiarla por un hermoso y suspendido momento, y transmitir tu esencia interna… vaciarte hasta el fondo. Quieres mostrarle lo que se perdió cuando no te besó en el rincón de esa casa. Lo convertiste en su pérdida porque cualquier otra cosa hubiese sido demasiado difícil. Pero tú sabes que vacilaste, te lanzaste, y ella se había ido de nuevo.

Has tenido progreso artístico, has hecho más amigos, has tenido tres relaciones cortas con niveles variables de compromiso e intensidad, pero es su beso el que has deificado a través del tiempo.

The Fatal Kiss

The fatal kiss is the one not given. You've thought about that moment repeatedly - a crossbeam of light across her face, her acquiescent eyes in the stairwell at a friend's house, and you know you want to kiss her. You lean, hesitate, and the moment is gone. Pain like a vacant memory stirs in you and you repress it. You see that corner in her friend's house when your lips and souls were close but you never kissed her and there she is -- a butterfly, a magnet.

You have recreated the moment so often, in masturbation, in fantasy, with infinite undulating permutations. She has been a goddess, a cobra, a crocodile, a litany of deity in a distant linguistic. You do what you can to stay composed.

She is screwing somebody else right now, and you know that your intention is really not to get her into bed. You want something more irrevocable; you want to flashbulb her heart. X-ray her for one beautiful and suspended moment and transmit your inner essence, pour out at the core. You want to show her what she missed when she failed to kiss you in that corner in that house. You turned it into her loss because anything else would have been too difficult. But you know you hesitated, jumped, and she was gone again.

You've made progress artistically, made more friends, had three short relationships with varying levels of commitment and intensity, but it is her kiss you have deified throughout the duration.

La ves antes de que ella te vea, te avivas y aceleras. Tu marcha se apresura un poco y cuando ella levanta la vista, tú ya la estás mirando. Tu reconocimiento es rápido y tu entusiasmo intenso. Vas directamente a abrazarla, sin dejarle otra opción sino conversar. La miras y ella aparenta estar sinceramente feliz de verte. Hablan y ríen unos cuatro o cinco minutos, y contemplas su labio inferior, el que te atrajo a ella y tú vacilaste; el que ha llenado el vacío en tantas fantasías. Ella te dice que va tarde para clases y empieza a alejarse. La invitas a tomar café. Dice que no toma café, pero que tiene tu número. Ella se aleja revoloteando y tú te quedas recordando el beso fatal.

You see her before she sees you, and you quicken and race. Your gait speeds up a step and when she looks up you are already looking at her. Your recognition is quick and your enthusiasm high. You go directly to hug her, leaving her no choice but to talk. You look at her and she appears genuinely happy to see you. You talk and laugh for four or five minutes and you are staring at her lower lip, the one that pulled you in and you hesitated, the one that has filled the void in so many fantasies. She tells you she's late for class and begins to walk away. You ask her to go out for coffee. She says she doesn't drink coffee but she has your number. She flutters away, and you are left to remember the fatal kiss.

Widow Sketch

Retrato de una viuda

Retrato de una viuda

Normalmente solo veo a la viuda por la noche, pero hoy apareció en la terraza a finales de la tarde, revisando su correo electrónico y hojeando sus cuentas en plena luz del día. Llevaba mangas cortas y jeans, agitaba sus pálidos brazos que realmente transmitían alegría. De vez en cuando echa un vistazo hacia mi ventana, mas yo no sé si ella está al tanto de que yo la observo. Imagino que de alguna forma, nos acercó más mi descubrimiento de su esposo muerto en el sofá a causa de una sobredosis de heroína. Ella pasó esa noche en mi casa llorando y sujetando mi mano o abrazándome en busca de apoyo. Soltero como soy, no pude evitar sentir la suavidad de sus pechos, su total entrega a su agonía. Desde aquella noche, mi atracción hacia ella ha crecido y me imagino a mí mismo como su guardián. Así que desde mi ventana, yo observo.

Pasaron solo dos meses antes de que ella hiciera algo con el dinero del seguro. Se compró un jeep rojo nuevo. Lo veo estacionado en la entrada y me pregunto qué tan rápido sosegó su dolor cuando se percató de que era libre.

Cuando riega sus flores, las cuales él cuidó tan meticulosamente, me permito ver más allá de mi propio deseo; yo estoy consciente de que ella todavía está sufriendo y que tal vez siempre sufrirá. Pero si la viera a la mitad de mi caminata diaria o cualquier cosa que esté haciendo, me detendría para hablar con ella. Me considero como un pequeño faro en su

Widow Sketch

Usually I only see the widow at night, but today she appeared in the conservatory in late afternoon, in broad daylight, checking her e-mail and riffling through her bills. She was wearing short sleeves and jeans, her pale arms fluttering, actually expressing joy. Now and then she glances toward my window, but I don't know if she's aware that I watch her.

I imagine that in some way my discovery of her husband dead of a heroin overdose on the couch brought us closer. She spent that night in my house, crying and holding my hand or hugging me for support. Bachelor that I am, I couldn't help but feel the softness of her breasts, her total surrender to her agony. Since that night, my attraction to her has grown, and I fancy myself her guardian. So, from my window, I watch.

It was only two months before she did something with the life insurance money. She bought a new red jeep. I see it parked in the driveway and I wonder how quickly her pain subsided — when she realized that she was free.

When she waters his flowers, the ones he took such meticulous care of, I am able to see beyond my own desire; I am aware that she is still hurting, may always hurt. But if I see her I will stop in the middle of my daily walk, or whatever I am doing, to talk to her. I fancy myself a little beacon in her life, providing humor, comfort and companionship. Now and then, we talk about him.

vida, uno que provee humor, consuelo y compañía. De vez en cuando, hablamos de él.

"Pete había estado falsificando pruebas de orina rutinariamente, pensó el doctor —dijo ella—; congelando orina y recalentándola en un microondas". Yo estaba verdaderamente sorprendido. Nunca había visto a un adicto a la heroína con tan buenos ánimos, o si vamos al caso, cuidando tanto su césped.

"No vi la jeringa cuando revisamos la casa —dije—, pero la policía la encontró en la cocina. Supongo que estaba nervioso. Primer cadáver". Entonces la miré, a sus suaves ojos con manchitas. Ella lo abandonó cuando su adicción a la heroína se había salido de control y se estaba quedando con una hermana cuando él murió. Ella nunca vio el cuerpo, la grotesca posición, el trasero al aire, la cara en el sofá, su brazo colgando del apoyo de la ventana, como si hubiese estado gateando hacia la ventana cerrada en busca de aire. Esos dedos blancos separando las persianas venecianas, flácidos, sin vida, fueron mis únicas pistas de que algo no estaba bien.

Usé la llave que Pete me había dejado y entré. La casa estaba impecable, excepto por una lata de betún en la mesa de la sala y sus zapatos marrones en el piso. Parecía una noche de jueves normal: Pete a punto de pulir sus zapatos para el trabajo la mañana siguiente. Sin embargo, ahí estaba él, en su ropa interior, medias y camiseta, muerto por lo menos unas seis horas, su sangre encharcándose y su cara pálida con tonos blanco, morado y azul.

Polly es de Pete, y yo sé que mi fascinación con Polly surge de eso. Verás, Pete también me pertenece a mí ahora. A pesar de que yo no le pertenezco y nunca lo he hecho. Yo lo encontré después de que él tomó la jeringa final. Antes de que yo llegara a la escena, él ya tenía rato de haber fallecido.

"Pete had been faking urine tests routinely, the doctor thought," she said. "Freezing urine and reheating it in a microwave." I was truly surprised. I had never seen a heroin addict in such good spirits, or, for that matter, take such good care of his lawn.

"I didn't see the needle when we checked the house," I said, "but the police found it in the kitchen. I guess I was nervous. First dead body." I looked at her then, at her soft, speckled eyes. She had left him when his heroin use got out of control, and was staying with a sister when he died. She never saw the body - the grotesque posture, ass in the air, face on the couch, arm dangling by the window sill, as if he were crawling to the locked window for air. Those white fingers splitting the Venetian blinds, limp, lifeless, were my only clue that something was amiss.

I used the key Pete left me and went in. The house was meticulous, save for a can of shoe polish on the coffee table and his brown shoes on the floor. It looked like a typical Thursday night, Pete about to shine his shoes for work the next morning. Yet there he was, in his underwear, socks and T-shirt, dead at least six hours, his blood pooling and his face ghastly shades of white, purple and blue.

Polly belongs to Pete; and I know that my fascination for Polly stems from that. You see, Pete belongs to me now, too. Though I don't belong to him, and never have. I found him after he took the final needle. He was long gone before I ever arrived on the scene.

Whenever I see her, I nudge the imagined intimacy I feel for Polly along. I'll greet her with a hug, engage her in animated conversation. Her intensity level varies. We've had some good talks, Polly and I. And that, perhaps more than

Cuando la veo, aliento la intimidad imaginaria que siento por Polly. La saludo con un abrazo, entablando una animada conversación. Sus niveles de intensidad varían. Hemos tenido algunas buenas charlas, Polly y yo. Y eso, talvez más que cualquier otra cosa, es la causa de mis sentimientos por ella, y mi necesidad de observar.

De noche, ella se sienta ante su computadora. De día, cuando estoy lejos, ella está en su jardín, en el césped de Pete, manteniéndolo vivo meticulosamente.

anything else, is responsible for my feelings toward her, and my need to watch.

By night, she is seated at her computer. By day, while I'm away, she is in the garden, meticulously keeping Pete's lawn alive.

Confessions of an Employee

Confesiones de un empleado

Confesiones de un empleado

El verano pasado tuve el privilegio de atravesar los portales dorados de la existencia cotidiana para trascender, si esa palabra puede usarse para definir una ensalada de anchoas y del chef, al Maravilloso Mundo de Wally. ¿Cómo era?, se podrán preguntar. Bueno, yo, el fantasioso escritor sin dos peniques en mi bolsillo, entré a Wally's un melodioso miércoles, cansado y díscolo, necesitando dinero desesperadamente. Con una camiseta morada sin mangas y unos pantalones cortados indecentemente, rogué y mis plegarias fueron escuchadas.

Rob, el jefe, maestro de las respuestas sarcásticas, calvo, vistiendo sombreros blancos bombachos de chef cada otro jueves, me preguntó si tenía alguna experiencia con pizzas. —Sí, Robert, sí tengo —le contesté—, yo trabajé para Pizza Hut como repartidor de pizzas y renuncié porque no podía seguir siendo controlado por caricaturas fascistas neonazis, a quienes les falta la inteligencia para escribir sus propios nombres en la terminal de la grandiosa computadora. Además, me hacían afeitarme.

Bueno —Rob soltó una risita y dijo—, Hijo, tú eres el joven marinero retorcido y demente que Wally's ha estado buscando. Aquí tienes mi número de buscapersonas. Despiértame mañana a las 9:30 y llega a las diez. Nos dimos la mano en esa misma forma sarcástica y supe que este era el lugar para mí. Esa noche estaba tan emocionado que me quedé

Confessions of an Employee

Last summer I had the privilege of passing through the golden portals of everyday existence, to transcend, if such a word can be used to define an anchovy and a chef's salad, into the Wonderful World of Wally. "What was it like?" you may ask. Well I, the delusional writer without a twopence in my pocket, wandered into Wally's one warbling Wednesday, weary and waylaid, desperately needing cash. In a purple tank top and lewd cut-off shorts I begged, and my prayers were answered.

Rob, the boss, the master of the sarcastic reply, balding, wearing white puffy chef's hats on alternate Thursdays, asked me if I had any pizza experience. "Yes, Robert, I do," I replied. "I worked for Pizza Hut as a delivery driver and I quit because I could no longer be held down by fascist Neo-Nazi cartoon characters who lacked the intelligence to type their own names into the grand old computer terminal. Besides, they made me shave."

Well, Rob chuckled a bit and said, "Son, you're just the demented convoluted young sailor Wally's has been looking for. Here's my beeper number. Wake me tomorrow at 9:30 and be in at ten." We shook hands in that same sardonic manner and I knew this was the place for me. That night I was so excited I stayed out till 5:30 drooling on myself. At 9:20 my alarm woke me. I called Rob and dragged my sorry ass to work

fuera hasta las 5:30 babeándome. A las 9:20 mi alarma me despertó. Llamé a Rob y arrastré mi triste trasero al trabajo a las 10:15. Cuando llegué, Barry, el otro empleado de Wally's aún estaba dormido en el sótano. Esta palaciega hacienda consistía en un colchón envejecido atrapado entre una caja de carne y un congelador. ¡Ah, me sentía como en casa!

Rápidamente me volví un experto en descolgar el teléfono y saludar al cliente en espera con un lánguido "hola". ¡En dos semanas, había aprendido a usar la calculadora! ¡Cómo me amaban los chicos! ¡Me promovieron a repartidor y me enviaban a todos lados! Sin importar si era Loudonville o Schenectady, o el distribuidor de servilletas o el depósito de queso, ellos mandaban a Dave el Confiable. Cada mañana, al llegar al trabajo, yo despertaba a Rob, con cuidado de no molestar a Barry, quien dormía en el palacio. ¡Hombre, cómo aprendí de rápido los trucos! Si me tocaba hacer cinco ensaladas del chef, ¡solo dos me salían mal!; pero en Wally's eso no importaba. Su lema era: "CUALQUIER NEGOCIO ES UN BUEN NEGOCIO".

Tenían unos cuantos clientes regulares, no me malinterpreten. Cada mañana sabía que me tocaba un viaje a Finnegan's, la tienda griega, y a donde una señora llamada Anna Jane que vivía en el sexto piso del Centro Psiquiátrico Albany. Ella era tan amable. Siempre sonreía tan dulce y calmadamente, y decía, "—tú eres ese muchacho lindo del Tío Phil, ¿no?". Y luego rompía a llorar en mi hombro y me contaba sobre un tío terrible que tenía cuando era chica que solía llamarla "Dulces Abracitos" y jugaba "al trencito" con ella. Se volvió como un ritual.

Pero el negocio estaba lento, las mañanas de verano a 97 grados no eran el momento más oportuno para pedir una pizza hirviendo, así que usaba el tiempo para familiarizarme con los otros idiotas ilusos con los que compartía ese santuario. Nos divertíamos tanto. Este tipo Mike, un hombre

at 10:15. When I got there Barry, Wally's other hired hand, was still asleep in the basement. This palatial estate consisted of an aging mattress sandwiched comfortably between a meat case and a freezer. Ah, this was home!

Quickly I became adept at talking the phone off the receiver and greeting the awaiting customer with a languid hullo. Within two weeks, I was learning how to use the calculator! Did the guys love me! They made me a driver, and sent me everywhere! Whether it was Loudonville or Schenectady, or the napkin supplier or the cheese warehouse, they sent Dependable Dave. Every morning I would wake Rob, careful not to disturb Barry sleeping in the palace once I got to work. Boy did I learn the tricks quick! If I had to make five chef's salads, I'd make only two of them wrong! But at Wally's that didn't matter. Their motto was, "ANY BUSINESS IS GOOD BUSINESS."

They had a few regular customers, don't get me wrong. Every morning I knew I'd be taking a ride to Finnegan's, the Greek store, and to this one lady named Anna Jane who lived on the sixth floor of the Albany Psychiatric Center. She was so nice. She'd always smile so sweetly and soothingly and say, "You're that cute little boy from Uncle Phil's, aren't you?" And then she'd break down on my shoulder and tell me about this horrible uncle she had when she was a kid who used to call her Sweet Pookums and play fire engines with her. It became quite a ritual.

But business was slow, summer mornings at 97 degrees not being the most opportune time to order a scalding hot pizza, so I took the time to acquaint myself with the other delusional idiots I was sharing sanctum with. We had a ball. This one dude Mike, a really hip black guy in his late thirties, knew the words to every song on Oldies 99.5. He and I spent the

negro vestido a la moda, en la segunda mitad de sus treinta, se sabía todas las letras de la Clásica 99.5. Él y yo pasábamos la mañana discutiendo sobre el fin del mundo y el significado astrológico de los años palíndromos. Teníamos un símbolo de la paz especial que mostrábamos si Rob o el Rey Barry se molestaban por algo estúpido, como que derramáramos un contenedor de aceite vegetal por las escaleras. Y comíamos. Mike y yo realmente comíamos. No es que preparáramos emparedados o alitas, o nada que llevara mucho tiempo. Nos asomábamos al refrigerador y tomábamos rosbif, solo una o dos piezas, del contenedor. Bebíamos tres tés fríos seguidos solo para ver si podíamos. Estos eran momentos de calidad.

Pero los primeros indicios de mi fin en esta área de trabajo llegaron al mismo tiempo en que los teléfonos empezaron a sonar nuevamente a final de agosto. Mike había sido despedido, básicamente porque sospechaban que él había hecho todo el daño, y yo era demasiado pobre como para cargar la culpa por él. Arrastrar cartones de queso de 75 libras ya no era lo mismo. Firmar mi nombre en sus facturas perdió todo su encanto, y después de un tiempo yo solo quería bajar al sótano y dormir.

mornings discussing the end of the world and the astrological significance of palindromic years. We had a special peace sign we would flash if either Rob or King Barry would lose their heads over something stupid like us spilling a container of vegetable oil down the stairs. And we ate. Mike and I really ate. It's not like we made subs, or wings, or anything time consuming. We'd peek in to the freezer and take roast beef, just one or two slices, out of the container. We'd drink three iced teas in a row just to see if we could. This was quality time.

But the first signs of my demise in this realm of the work force came at just about the time the phones started ringing again in late August. Mike had long since been canned, basically because they suspected him of doing all the damage, and I was too poor to take the rap for him. Hauling 75-pound cartons of cheese just wasn't the same anymore. Signing my name on their bills just lost all its twinkle, and after awhile I just wanted to go down to the basement and sleep.

Clouds

Nubes

Nubes

Tú eres Leonardo DaVinci. Es entre la medianoche y la una, y está lo suficientemente frío para que puedas ver tu aliento antes de que la nube de vapor se disuelva alrededor de tus hombros encorvados. El entorno es España, definitivamente España, pero no tienes idea de cómo llegaste allí; sabes que no has estado en esta parte de España antes. Puede ser Barcelona, definitivamente no es Sevilla. Ves gente deambulando alrededor, pero ninguno parece hacer ruido. Las ramas de los árboles se mecen en siluetas bajo la ocasional lámpara de gas. Caminas al sonido de tus propios pasos cuando de un hueco de la oscuridad aparece él, en ropas andrajosas y un sombrero desgastado, un sombrero que alguna vez fue noble. Es Cristóbal Colón. En su sombrero se sienta un pájaro vivo, talvez un quetzal, posado con la cola colgando sobre su espalda. Te encuentras contemplando el pájaro cuando el personaje susurra tu nombre.

Lo miras fijamente, te calmas, y miras nuevamente su cara. Lo has visto antes, en otro continente, en otro entorno.

—He estado tratando de encontrarte —dice él, no de manera amenazante ni casual. Te ofrece una pipa y la fumas. —Tenemos que hablar.

Los dos están caminando y ahora definitivamente están en Barcelona, en La Rambla. Lo puedes notar por el diseño de

Clouds

You are Leonardo DaVinci. It is between midnight and one, and just cold enough to see your breath before the steamcloud dissolves around your hunched shoulders. The setting is Spain, definitely Spain, but you don't know how you got here and you haven't been to this part of Spain before. It might be Barcelona, definitely not Seville. You see people milling about, but none of them seems to make sound. The limbs of the trees are swaying in silhouette under the occasional gas lamplight. You are walking to the sound of your own footfall when he emerges from a pocket of darkness in tattered clothes and a worn hat, a hat that was once noble. It is Christopher Columbus. On his hat sits a live bird, perhaps a quetzal, perched with its tail hanging down his back. You are staring at the bird when he whispers your name.

You stare him down, settle, and look again into his face. You have seen him before, on another continent, in another setting.

"I've been trying to find you," he says, not menacing, but not casual. He offers you a pipe and you smoke it. "We need to talk."

The two of you are walking and now you are definitely in Barcelona , on La Rambla. You can tell by the zigzag pattern on the ground. He talks to you but what he is saying sounds

zigzag en el piso. Él te habla pero lo que dice suena divagante e incoherente. Hay un ruido fuerte, de tono alto y contrayente y sabes que es un efecto de su pipa. El sonido es suave y luego fuerte y luego más fuerte y vuelve a ser suave nuevamente. Lo invitas a tu cuarto para alejarte del parque. Sabes que no puedes bajar la guardia. Tal vez una caminata despeje tu mente.

Abres la puerta, te diriges a tu cobija blanca y te enrollas la cabeza con ella. Estás sentando en la mecedora y él está sentado en el sofá. Está fumando un cigarrillo y a punto de tirar la ceniza en el piso, así que te inclinas para acercarle el cenicero.

—Yo soy Cris Jiménez —dice él, como si se lo hubieras preguntado en voz alta—, pero la gente me llama Cristóbal Colón.

Te sientas en silencio con tu cobija blanca enrollada en la cabeza, mirándolo fumar en la sombra de la luz de la lámpara.

—¿Me escuchaste? —Se acerca más hacia tu cara—. Yo estoy acá porque tú me mataste. Tenía ojos de cuervo y era cadavérico. —Y tú mataste a aquel mago negro. Cuando finalmente te mira a los ojos, su expresión cambia. —Hace mucho tiempo… —añade, como si fuera necesario. Enciende su pipa y la inhala, sonriendo. Sus ojos se cierran en hendiduras y una sonrisa se revela en su cara. Exhala una enorme nube de humo y dirige tus ojos hacia ella. El vello en tus brazos se eriza antes de ver algo. El humo se asienta en una silueta característicamente humana. Tus ojos se ajustan y él aparece, El Hombre Invisible. Puedes ver que es un hombre negro, fornido con un tocado de plumas multicolor, una parte egipcio y otra parte zulú.

Lo ves disolverse suavemente, reabsorbiéndose en la lámpara de gas. Ahora ves a Colón, quien se sienta fumando con una sonrisa perversa, observándote. En tu cabeza puedes

rambling and incoherent. There is a loud, high-pitched and contracting sound and you know it is an effect of his pipe. The sound is soft and then loud and then louder and then cycles to soft again. You invite him to your room to get away from this park. You know you can not let your guard down. Maybe a walk will clear your head.

You open the door and go to your white blanket and drape it over your head. You are sitting in the rocking chair and he is sitting on the sofa. He is smoking a cigarette and about to ash on the floor so you reach over to slide him the ashtray.

"I am Chris Jiménes," he says, like you had asked out loud. "But people call me Cristóbal Colón."

You sit quietly with your white blanket wrapped around your head, watching his smoke in the dust of the lamplight.

"Did you hear me?" He moves closer to your face. "I'm here because you killed me." He is crow-eyed and gaunt. "And you killed that black magician." When he finally looks into your eyes, his expression changes. "A long time ago," he adds, as if that were necessary. He lights his pipe and inhales, smiling. His eyes close to slits and a grin creeps across his face. He exhales a tremendous cloud of smoke and leads your eyes to it. The hair on your arm stands before you see anything. The smoke settles in a distinctly human shape. Your eyes adjust and he appears, The Invisible Man. You can see he is a stout black man in a multi-colored feather headdress, part Egyptian, part Zulu.

You watch him dissolve gently, reabsorbed into the gaslight. You look now at Columbus, who sits smoking with a wry smile, watching you. In your head you can hear his cackling laugh but his mouth is not moving. He looks at you wrapped in your white blanket and exhales a tremendous cloud

oir su carcajada pero su boca no está moviéndose. Él te mira envuelto en tu cobija blanca y exhala una luminosa e inmensa nube de humo. Cuando la nube se dispersa, tu sofá está vacío y los rastros de humo azul atraen tus ojos a la ceniza colgando y a punto de caer de la punta de su cigarrillo.

of backlit smoke. When the cloud settles your couch is empty, and the blue traces of smoke draw your eye to the ash hanging and about to fall from the end of his cigarette.

Jesus' Lament

El lamento de Jesús

El lamento de Jesús

En el gran salón de meditación incesante, donde las grandes almas esperan entre vidas, se encontraba Jesús sentado, incorpóreo, e inhaló. Con sus estelas de consciencia infinita, él ubicó aquellas almas en el plano terrenal que clamaban por su ayuda, y con su increíble compasión las asistió con el poder de sanación de su amor.

En su meditación, habló con Dios en el idioma no hablado y trató de liberarse de la carga que en los últimos trescientos años más o menos, se había vuelto cada vez más pesada en su corazón. A pesar de que era demasiado compasivo como para realmente quejarse, en el idioma de su corazón anhelaba saber cuándo acabaría su misión. Él disfrutó los primeros mil setecientos años de ser una luz a la cual los oprimidos y desencantados podían llamar en momentos de angustia, pero admitía a sí mismo que todo se había tornado un poco narcisista.

El momento había llegado en su corazón de trascender su papel como salvador y continuar hacia otras cosas, pero con tantas personas contando con su eterna compasión y amor infinito, se sentía irresponsable abandonando el barco. Así que habló con Dios, en el idioma que Dios entiende, y preguntó cómo ser honesto con él mismo sin ser egoísta. Preguntó si talvez había una manera de llevar a las personas hacia una mayor iluminación, por ende volviendo obsoleto el papel de

Jesus' Lament

In the great hall of unceasing meditation where great souls incubate between lifetimes, Jesus sat, discorporate, and inhaled. With his tendrils of infinite awareness he located those souls on the earth plane calling for his help, and with his incredible compassion assisted them with the healing power of his love.

In his meditation, he talked to God in the unspoken language, and tried to free himself of his burden, which in the past three hundred years or so had grown heavier and heavier on his heart. Though he was too compassionate to truly complain, in the language of his heart he yearned to know when his mission would end. He enjoyed the first seventeen hundred years of being a light which the downtrodden and disillusioned could call upon in distress, but he admitted to himself that it had all become a bit narcissistic.

The time had come in his heart to transcend the role of savior and move on to other things, but with so many people relying on his eternal compassion and infinite love, he felt irresponsible just abandoning ship. So he talked to God in the language God understands and he asked how to be true to himself without being selfish. He asked whether there was a way to bring the people into a greater illumination, thereby rendering the role of Jesus obsolete. The truth of the matter was that two thousand years was a long time to sit at the desk of eternal bureaucracy filing through and stamping soul

Jesús. La realidad del asunto es que dos mil años era un largo período para sentarse en el escritorio de la eterna burocracia llenado y estampando quejas de almas, y los largos años de trabajo ininterrumpido y arduo habían agriado la actitud de Jesús, de una de verdadera compasión a una de honesto aturdimiento.

Es un testimonio de la grandeza de su alma el que no estuviese amargado. Él había superado el hecho de que su propia gente, no solo había fallado en reconocerlo, sino que había reescrito incluso una gran porción de su historia para excluirlo. De hecho, se dio cuenta solo unos cuantos centenares de años después de dejar el planeta Tierra, que reescribir era un rasgo humano elemental y que cualquier cosa escrita y reescrita por la mano humana, implícitamente está alejada de la sabiduría original que Él como alma y salvador, había tratado de llevar a la gente cuando reencarnó y caminó entre ellos.

Así es que en su alma había lugar para reírse de la estupidez humana, pero también preocupación genuina ante la reincidencia de los errores e interminables ciclos de la historia humana. —Si tan solo ellos siguieran un pequeño y simple consejo —se quejaba ante Dios en el idioma no hablado—, podría evitarse tanta destrucción inútil.

Dios, por su parte, percibía la amargura interna en el lamento de Jesús, y como remedio trató de consolarlo con recuerdos de todas las personas que realmente habían mejorado sus vidas al usar a Jesús como su ejemplo e inspiración. Pero Dios sabía, aunque Jesús era demasiado humilde como para decirlo, o inclusive dejar que le cruzara por la mente en meditación, que Jesús estaba agotado del interminable drama humano y necesitaba nuevos horizontes para levantar sus ánimos. Dios vio la enorme cantidad de trabajo que Jesús asumía, y admitió a sí mismo que inclusive Él, Dios, no había previsto que Jesús tendría un puesto de trabajo de dos mil años.

complaints, and the long years of hard, uninterrupted work had soured Jesus' attitude from one of true compassion into one of honest bewilderment.

It is a testament to the greatness of his soul that he was not bitter. He had gotten over the fact that his own people not only had failed to recognize him, but had actually rewritten a large portion of their history to exclude him. In fact, he realized only a few hundred years after leaving the earth plane that rewriting was a basic human trait; and that anything written and rewritten by human hand, by default, was a step further removed from the original wisdom that He as soul and savior had tried to bring to the people when he incarnated and walked among them.

So in his soul there was room for laughter at human folly, but also a genuine anguish at the repetition of human mistakes and the interminable cycles of human history. "If they would only follow a little simple advice," he would complain to God in the unspoken language, "so much useless destruction could be avoided."

God, for his part, sensed the internal souring in the lament of Jesus, and as a remedy tried to console him with memories of all the people who had truly bettered their lives by using Jesus as their example and their inspiration. But God knew, though Jesus was too humble to ever say it or even let it cross his mind during meditation, that Jesus was burnt out on the endless human drama, and needed new horizons to uplift his spirits. God saw the incredible workload that Jesus took on, and admitted to himself that not even He, God, realized that Jesus would have a two thousand-year job description.

Compared to saints of India, holy men of Tibet, and the scattered shamans in the remote corners of the earth who did their jobs leaving their imprints to raise the vibration of the consciousness of their people, Jesus had a really rough

Comparado con los santos de la India, los hombres sagrados del Tíbet y los chamanes regados en las esquinas remotas de la tierra, quienes realizaban su trabajo dejando sus huellas para elevar las vibraciones del conocimiento de la gente, a Jesús le tocaba muy duro. De todos los Maestros que Dios había mandado a través de las eras, ni uno de ellos, después de dejar el plano terrenal, había hecho más por su gente que Jesús. Dios admiraba la tenacidad de su santo hijo, y a su propia manera, se compadecía de su lamento. Con su toque de compasión paternal, Él le dijo a Jesús que realmente no había nada que pudiera hacer.

Hasta que la gente que confiaba en Jesús por amor, compasión y salvación se hiciera responsable de su propia vida , Jesús estaba obligado por contrato celestial a mediar sus demandas ante Dios. Jesús, comprendiendo esto intuitivamente y con compasión infinita, exhaló y se preparó para el servicio del próximo grupo de almas clamando su nombre.

time. Out of all the Masters that God had sent down through the ages, not a single one had done more for his people after leaving the earth plane as had Jesus. God admired the tenacity of his holy child, and in his own way sympathized with his lament. He told Jesus this with a touch of fatherly empathy, for there was really nothing he could do.

Until the people who relied on Jesus for love, compassion and salvation took matters into their own hands, Jesus was obligated by heavenly contract to mediate their claims to God. Jesus, understanding this intuitively and with infinite compassion, exhaled, and prepared himself for the ministration of the next batch of souls calling his name.

Shoeshine

Lustre

Lustre

Stevenson se sentó de cara al lago. Era de mañana, pero ya pasada la oscuridad del amanecer cuando los atitecos despiertan para un nuevo día. Había pedido un licuado mixto de papaya, piña y banano, con agua solamente, sin leche, y estaba esperándolo mientras contemplaba los volcanes al otro lado del lago. Le quedaban tres días antes de su vuelo de regreso a casa y del final del receso de primavera, y estaba pensando sobre el retorno.

Había venido acá porque recibió una oferta tentativa para un trabajo de maestro en el Lago Atitlán para el próximo mes de septiembre y decidió explorar sus opciones, y ver si podía vivir con un salario tan reducido. Él nunca había vivido fuera de los Estados Unidos. Iba a ser un gran cambio y aún no había tomado la decisión.

Pero hasta ahora había sido un paraíso terrenal, sin mencionar un bienvenido descanso de sus estudiantes, un grupo de chicos alborotados de escuela primaria asignados a una clase de Educación Especial debido a una serie de razones educativas, de comportamiento o administrativas.

El lago estaba tranquilo. Era un día entre semana, y solo las primeras lanchas habían empezado a cruzar el lago. Él miraba a las pequeñas mujeres indígenas en atuendos espectaculares mientras organizaban su mercancía y oía sus incomprensibles conversaciones en kaqchikel entrelazadas con

Shoeshine

Stevenson sat facing the lake. It was morning, but long after the dark of dawn when the *Atitleños* arose for another day. He had ordered a *licuado mixto* of papaya, piña, and banana with water only, no milk, and he was waiting for it as he gazed across the water towards the volcanoes. He had three days left before the flight home and the end of Spring Break, and he was thinking about the return.

He had come down here because he had gotten a tentative offer for a teaching job at Lake Atitlán for the following September and decided to scout out his options, see whether he could live on such a small salary. He had never lived outside the United States. It would be a big adjustment and he still hadn't made up his mind.

But so far it had been a paradise on earth, not to mention a welcomed holiday from his students, a rowdy group of middle school kids thrown into a Special Ed classroom for a wide array of educational, behavioral, or administrative reasons.

The lake was quiet. It was a midweek morning, and only the earliest *lanchas* had begun setting out across the lake. He watched the tiny indigenous women in spectacular garb set out their wares, and heard the incomprehensible babble of their Kaqchikel laced with Spanish. The older ones were dressed in a psychedelic array of colors, some even with their heads wrapped, while their daughters and granddaughters

español. Las más ancianas vestían con una gama de colores psicodélicos, algunas hasta con sus cabezas envueltas, mientras que sus hijas y nietas optaban usualmente por el corte para la falda y blusas apretadas de elástico o de algodón.

Los perros revolvían la basura en manadas y Stevenson ya había aprendido a llevar una piedra en la mano por la noche cuando volvía a casa de los bares. Se encontraban destrozando las bolsas de basura al frente de la vía del restaurante cuando llegó el licuado. Sabía al Edén.

Sintió un jalón en su pantalón, era un niño limpiabotas. El balcón del restaurante estaba elevado sobre la calle, así que el niño solo le llegaba al tobillo a Stevenson. Aún así, era bajo, delgado y probablemente tenía dos años más de los que parecía. Había manchas de betún negro en sus manos, cara y ropa.

—¿Lustre? —preguntó el niño—. Shoeshine...? Esta vez en inglés.

Stevenson le mostró sus tenis. —No, gracias —dijo él.

Pero el niño no se fue. Simplemente se quedó parado al nivel del piso y miró hacia la calle vacía. —¿Hablas español? —le preguntó el niño.

—No —Stevenson respondió negando con la cabeza. Pero había aprendido algunas palabras en el transcurso de la semana. —¿Hablas inglés? —le preguntó al niño.

—No —dijo el niño—... no mucho.

—¿Cuál es tu nombre? —preguntó Stevenson en inglés.

—Mi nombre es Juan —dijo el niño en inglés—, ¿y el tuyo?

—Mi nombre es John.

—Somos tocayos —dijo el niño. Stevenson no entendió, pero sí se acordó de Juan del segundo periodo de clases. Juan Gutiérrez, quien era hiperactivo y podía sacar cuentas matemáticas en la cabeza. El niño limpiabotas era

usually opted for the *corte* on the bottom and tight elastic or cotton tops.

Dogs scavenged in packs, and Stevenson had already learned to carry a rock in hand at night when walking home from the bars. They were ripping through garbage bags across the way from the restaurant when the *licuado* arrived. It was a taste of Eden.

He felt a tug on his pants leg, and it was a shoeshine boy. The restaurant's balcony was raised from the street, so the kid only came up to Stevenson's ankle. Even so, he was short, thin, and was probably two years older than he looked. The stains of his black polish were on his hands, his face, his clothing.

"*¿Lustre?*" the kid asked. "Shoeshine?" That time in English.

Stevenson showed his sneakers. "*No, gracias,*" he said.

But the kid didn't leave, he just stood there at ground level and looked out over the empty street. "*¿Hablas español?*" the kid asked him.

"No," Stevenson shook his head. But he had learned a few words over the course of a week. "*¿Hablas ingles?*" he asked the kid.

"No," the kid said. "*No mucho.*"

"What is your name?" Stevenson asked in English.

"My name is Juan," the kid said in English. "*¿Y tu?*"

"My name is John."

"*Somos tocayos,*" the shoeshine boy said. Stevenson didn't understand, but he did think about the Juan in his second period class, Juan Gutierrez, who was hyperactive and could do math in his head. The shoeshine boy was small, as all Guatemalan children are, and though he looked the size

53

pequeño, como son todos los niños guatemaltecos, y aunque parecía del tamaño de un niño estadounidense de nueve años, probablemente tenía once. Juan Gutiérrez tendría quizás solo un año más que el limpiabotas. Stevenson se lo imaginó a él allí, lustrando los zapatos de otros para conseguir unos quetzales extra para su familia.

Para Juan Gutiérrez, astuto y ágil con los números, esto podría ser posible. Pero para algunos de los otros estudiantes del segundo periodo de clases, como el obeso Chris Olivares y el lento Hilario Cruz, los otros chicos en las calles simplemente les robarían las oportunidades. ¿Cómo enfrentarían estos niños que siempre parecían tan aburridos en la escuela, los desafíos de trabajar en las calles del pueblo? Por otro lado, ¿cuántos de los niños limpiabotas iban a la escuela realmente?

—¿Tienes hermanos? —le preguntó el niño.

Stevenson pensó que hermanos en español significaba brothers en inglés, así que mostró tres dedos.

—¿Tres hermanos? —dijo el niño en inglés.

—Un hermano, dos hermanas —dijo él—. ¿Y tú? —preguntó señalando al niño.

—Somos cinco: dos hermanos —levantando dos dedos—, dos hermanas, y yo —apuntándose a sí mismo.

Stevenson quería preguntarle al chico si sus hermanas o hermanos trabajaban también, pero no sabía suficiente español. Él también quería saber cuántos años tenía el niño, si tenía nueve u once. Pero permaneció sentado y sorbió su licuado sin decir nada. Después de un minuto, el niño extendió su mano. —Un quetzal, amigo.

Stevenson no emitió respuesta. Vio el niño a los ojos y el chico extendió la mano nuevamente. —Un quetzal, amigo. Tengo hambre.

—¿Hambre? —preguntó Stevenson.

of an American nine year-old, he was probably eleven. Juan Gutierrez was probably only a year older than the shoeshine boy. Stevenson pictured him down here shining people's shoes to earn his family a few more *quetzales*.

With Juan Gutierrez, nimble and quick with numbers, that might be possible. But for some of the other students in that second period class, the obese Chris Olivares and the slow Hilario Cruz, the other kids on the streets would simply beat them to the opportunities. How would these kids who always seemed so bored by school face the challenge of working on the village streets? Conversely, how many of these shoeshine boys actually went to school?

"*¿Tienes hermanos?*" the kid asked him.

Stevenson thought *hermanos* meant brothers, so he held up three fingers.

"Three brothers?" the kid said in English.

"One brother, two sisters," he said. "And you?" he pointed to the kid.

"*Somos cinco. Dos hermanos,*" he held up two fingers, "*y dos hermnanas, y yo.*" He pointed to himself.

Stevenson wanted to ask the shoeshine boy whether his sisters or brothers worked, but he didn't know enough Spanish. He also wanted to know how old the boy was, whether he was nine or eleven. But he sat and sipped his *licuado* and said nothing.

After a minute, the kid held his hand out. "*Un quetzal, amigo.*"

Stevenson made no reply. He looked into the boy's eyes and the boy held out his hand again. "*Un quetzal, amigo. Tengo hambre.*"

"Hambre?" Stevenson asked.

The boy patted his stomach. "*Tengo hambre.*"

—Tengo hambre —dijo el niño sobándose el estómago.

Stevenson levantó la mano y llamó a la mesera y cuando ella se acercó, él tomó un menú y le mostró un desayuno. —Uno —dijo él y señaló al chico.

La mesera miró al niño y luego de vuelta a Stevenson. —¿Huevos revueltos o estrellados? —le preguntó al chico limpiabotas.

—Revueltos —dijo el niño y se sentó en la mesa con Stevenson.

—No —dijo Stevenson frotándose las manos—. Lávate las manos —dijo en inglés; luego se llevó las manos a la cara—, y la cara.

El niño entendió. Se levantó y miró a Stevenson, puso su caja de lustrar zapatos en la silla y desapareció hacia el fondo del restaurante.

Stevenson lifted a hand to the waitress, and when she came over he picked up a menu and pointed to a breakfast. *"Uno,"* he said, and pointed to the kid.

"The waitress looked at the kid and then back at Stevenson. *"¿Huevos revueltos o estrellados?"* she asked the shoeshine boy.

"Revueltos," the kid said, and sat down at the table with Stevenson.

"No," Stevenson said, rubbing his hands together. "Wash your hands," he said in English, then put his hands on his face. "And your face."

The kid understood. He stood up and looked at Stevenson, then placed his shoeshine box on the chair and disappeared to the back of the restaurant.

Annex

El anexo

El anexo

El Padre Octavio dio una última inhalada a su habano y lo aplastó en el cenicero. Quitó los pies de encima de la mesa, los puso en el piso y se quitó las gafas. Luego se frotó los ojos y se puso de pie, apoyándose en el escritorio.

—Caballeros —dijo—… hay un problema.

Las otras dos únicas personas en el anexo eran Silvio Rosales y su hijo Jorge, al que llamaban El Arbusto. Silvio sabía que no debía interrumpir al Padre Octavio en sus pensamientos.

—La niña está escondida —dijo el sacerdote—; y Mauricio viene en camino en este momento. Ustedes no deben saber dónde está ella, en caso de que los agarren.

—Le entiendo, señor.

—Jorge, debe irse ahora y mantenerse alerta en el Barrio Norte. Quiero estar al tanto de cualquier cosa sospechosa.

Jorge se levantó y agachó la cabeza, haciendo la señal de la cruz, y se marchó sin decir una palabra.

—Silvio, no me gustan los mareros. Ellos no tienen ninguna reserva moral para usar la fuerza. Los cristianos sí. Su falta de respeto por la vida humana es aterrorizante.

Silvio estaba a punto de responder, pero el Padre Octavio puso un dedo en sus labios.

—Cuanto menos digas, menos sabes y eso es mejor. Tú solo estuviste acá cinco minutos. ¿Estás armado?

Annex

Father Octavio took one last drag of his cigar and stubbed it in the ashtray. He pulled his feet up from the desk and placed them on the floor, and took his glasses from his face. Then he rubbed his eyes and stood, leaning against the desk. "*Caballeros,*" he said. "*Hay un problema.*"

The only other people in the annex were Silvio Rosales and his son Jorge, the one they called *El Arbusto*. Silvio knew better than to interrupt Father Octavio's train of thought.

"The girl is hiding," he said in Spanish. "And Mauricio is on his way here now. You must not know where she is, if they catch you."

"*Le entiendo, señor.*"

"Jorge must leave now, and keep his eyes open in Barrio Norte. Anything strange and I want to know about it."

Jorge stood and bowed, making the sign of the cross, and without saying a word he was gone.

"Silvio, I don't like *mareros*. They don't have any moral ambiguity about using force. Christians do. Their lack of regard for human life is frightening."

Silvio was about to reply, but Father Ocatvio put a finger to his lips.

"The less you say, less you know, the better. You were only here for five minutes. *Estas armado?*"

Silvio mostró su cadera ligeramente haciendo alusión al arma.

—No la uses —dijo el Padre Octavio.

Silvio hizo la señal de la cruz y se escabulló a través de la trampilla del anexo, que estaba en un granero sin ventanas para que pudieran usar luces en la noche. Había sido un lugar secreto alguna vez pero ahora era del conocimiento popular, y Mauricio sabía dónde encontrarlo. Él se meció de atrás para adelante en la silla de su escritorio no más de diez minutos cuando oyó una piedra pegar con la parte inferior de la trampilla.

—Padre, no estoy armado —anunció Mauricio—; abra la puerta.

El Padre Octavio alcanzó su bastón apoyado en la pared y cojeó hasta la trampilla. La abrió y se mantuvo fuera de la vista.

—¿Estás solo?

—No —respondió Mauricio—; Lorenzo Lencho está conmigo.

—Entonces no voy a hablar contigo.

Lencho se movió hacia el espacio debajo de la trampilla.

—No sea así, Padre Octavio —levantando su camisa para mostrar el mango de un arma—… o esto puede ponerse feo.

—Yo pensé que no estabas armado —el Padre Octavio miró a Mauricio.

—No lo estoy —dijo Mauricio—, pero él me siguió hasta acá. ¿Qué podía hacer?

—¿Qué es lo que quieres, Lorenzo Lencho?

—Guillermo quiere a su novia —dijo él.

—La niña no está conmigo —añadió el Padre Octavio.

—Ella no es una niña, ella es una mujer… y Guillermo quiere encontrarla.

Silvio nudged his hip slightly to allude to the weapon. "Don't use it," Father Octavio said.

Silvio made the sign of the cross and ducked through the trap door to the annex, which was in a barn loft with no windows, so they could use light at night. It had been a secret place once but now it was common knowledge, and Mauricio knew where to find him. He rocked back and forth in his desk chair for not more than ten minutes when he heard a stone hit the underside of the trap door. "*Padre, no estoy armado*," Mauricio called out. "*Abre la puerta.*"

Father Octavio reached for his cane leaning against the wall and hobbled to the trap door. He pulled it open and kept out of the line of sight. "*Estas solo?*" Are you alone?

"*No*," Mauricio answered, "*Lorenzo Lencho esta conmigo.*"

"Then I will not talk to you."

Lencho moved to the space below the trap door. "Don't be like that, Father Octavio." He lifted his shirt to show the handle of a gun. "Or this could get ugly."

"I thought you weren't armed," Father Octavio looked at Mauricio.

"I'm not," Mauricio said. "But he followed me here. What could I do?"

"What do you want, Lorenzo Lencho?"

"*Guillermo quiere a su novia*," he said.

"*La niña no esta conmigo*," Father Octavio said.

"She's not a girl, she's a woman. And Guillermo wants to find her."

"He will only violate her again."

"He loves her!"

"He is abusive and violent, and he is a criminal." Father Octavio planted his cane and stood up. "This is hurting my back. If you want to come up, please take the bullets out of your guns."

—Solo la va a violar de nuevo.

—¡Él la ama!

—¡Él es un abusador. Es violento y es un criminal! —el Padre Octavio plantó su bastón y se enderezó.

—Esto me está molestando la espalda. Si quieren subir, por favor sáquenle las balas a sus armas.

El Padre Octavio encendió el bombillo eléctrico del techo y cojeó hasta su escritorio. Se sentó en la silla acolchonada y subió las piernas al escritorio, al mismo tiempo que los dos hombres subían lentamente por la escalera detrás de él.

—Por favor siéntense. Tengo whisky en ese estante —señaló—, y me quedan tres habanos. Siéntense y hablemos como gente civilizada.

Lorenzo Lencho le dio un vistazo al anexo. Nunca había estado ahí.

—Yo no quiero un habano —dijo él—. Yo quiero a Suli. ¿Dónde está?

—Ella se marchó esta tarde y se fue a donde un primo en el altiplano.

—¿Dónde? —Lorenzo Lencho se aproximó con lentitud hacia el cura.

—Ella tiene dieciséis años. Y no es propiedad de nadie.

—Explíquele eso a Guillermo.

—Lo haré si viene desarmado.

—Guillermo nunca está desarmado.

—Ese es el problema —dijo el cura—. Pásame esa botella en la repisa…, ¿quieres?

—No, Padre, está ganando tiempo —dijo Mauricio, dándole la botella de todas formas.

—Yo no puedo darte la ubicación exacta de la niña. No la sé. No me lo dijeron a propósito, para que pudiera negociar

Father Octavio turned on the electric light bulb overhead and limped his way to the desk. He sat in the cushioned chair and pulled his legs onto the desk as the two men lumbered up the ladder behind him. "Please sit down. I have whiskey on that bookshelf," he pointed. "And I have three cigars left. Sit down and talk like civilized people."

Lorenzo Lencho looked around at the annex. He had never been there. "I don't want a cigar," he said. "I want Suli. Where is she?"

"She left here this afternoon and went to a cousin in the *altiplano.*"

"Where?" Lorenzo Lencho inched closer to the priest.

"She is sixteen years old. And she is not property."

"Talk to Guillermo about that."

"I will if he comes unarmed."

"Guillermo is never unarmed."

"*Esto es el problema,*" the priest said. "Hand me that bottle on the shelf, would you?"

"No, Father, you're stalling for time," Mauricio said, but gave him the bottle anyway.

"I can not give you the exact location of the girl. I do not know it. They intentionally did not tell me, so that I could reason with you gangsters when you came looking for her. Lorenzo, I do not want violence. She is a girl."

"She is a woman who made her choice. Guillermo will fight for that choice."

"If I find her and talk to her, will you promise to keep the bloodshed down? Stop using those guns! You're terrorizing this community and I can't tolerate it. Neither can the Church."

"Guillermo isn't worried about the Church."

"That's because he's a lawless man. Bring him in here

65

con ustedes mafiosos cuando vinieran a buscarla. Lorenzo, no quiero violencia. Ella es una niña.

—Ella es una mujer que tomó su decisión. Guillermo va a pelear por esa decisión.

—Si la encuentro y hablo con ella, ¿me prometes mantener la matanza al mínimo? ¡Ya dejen de utilizar esas armas! Están aterrorizando a esta comunidad y no puedo tolerarlo. Tampoco puede la Iglesia.

—A Guillermo no le preocupa la Iglesia.

—Eso es porque es un hombre sin ley. Tráiganlo acá sin pistola, y yo hablaré con él.

El Padre Octavio alcanzó el whisky y abrió la tapa. Se sirvió un trago y sostuvo la botella ante Mauricio y Lorenzo Lencho.

—¿Caballeros…?

Movieron las cabezas en señal de negación, y él se encogió de hombros y se tomó un trago. Los dos hombres se miraron y salieron en silencio. Cuando estaban al pie de la escalera de la trampilla, el Padre Octavio puso los tres habanos de vuelta en su caja, y encendió la punta del que estaba fumando. Exhausto, se inclinó de nuevo en su silla y exhaló una línea de humo rancio y opresor entre su pierna buena y su pierna mala.

without a gun, and I will talk to him." Father Octavio reached for the whiskey and opened the cap. He poured himself a shot and held the bottle up to Mauricio and Lorenzo Lencho. "*Caballeros?*"

They shook their heads no, and he shrugged his shoulders and took a shot. The two men looked at one another and walked out in silence. When they were down the ladder of the trap door, Father Octavio put the last three cigars back in the box, and lit the end of his old one. Exhausted, he leaned back in the chair and blew a line of stale, oppressive smoke between his good leg and his bad one.

The Double

El doble

El doble

Hasta ese instante creía saber quién era yo. Eran poco más allá de las once en una de esas noches en las que voy al restaurante de 24 horas para deshacerme del bloqueo creativo. Pido una merienda de medianoche, como lentamente y veo a la gente pasar.

El restaurante es una mezcla de la profana Trinidad de Nuevo México: nativo, latino y blanco con una fuerte presencia negra. Estudiantes y obreros, campesinos y citadinos. Nada importa. Este restaurante es uno de los pocos lugares donde cada uno es solo alguien más y la comida es preparada, cocinada y servida, independientemente de la hora o de quién haya sido tu abuela.

Este lugar, La Frontera, es un ícono conocido por muchos. Mi amigo John, que en paz descanse, hablaba de La Frontera y de su increíble comida. Claro está, John murió repentinamente en su cocina de un infarto al corazón.

Me encontraba masticando un aro de cebolla, admirando un perfil, cuando lo vi atravesar la multitud para tomar una servilleta y cubiertos del mostrador. Me miró directamente y atrajo mi mirada a la suya. Al inicio retrocedí, debido al sobresalto; luego me calmé y observé su cuerpo. Era delgado pero fuerte, y al igual que yo, nervioso y rápido con sus movimientos. Llevaba una camisa negra de seda y tenía un aro

The Double

Until that moment I thought I knew who I was. It was just past eleven, on one of those nights when I go to the 24-hour restaurant to shake creative block. I order a late-night snack, eat slowly, and watch the people go by.

The restaurant blends New Mexico's unholy Trinity – Native, Latino, and Anglo - with a strong black presence. Students and construction workers, hillbillies and city people – it doesn't matter. This restaurant is one of the few places where everyone is just a person and the food is prepared, cooked, and served regardless of what time it is or who your grandmother was.

This place, the Frontier, is a landmark known to many. My friend, John, bless his departed soul, talked about the Frontier and its amazing food. Of course, John also dropped dead of a sudden heart attack in his kitchen.

I was munching on an onion ring, admiring a profile, when I saw him cut through the crowd to get a napkin and silverware from the dispenser. He looked directly at me, and pulled my gaze to his. I recoiled at first from sudden, distant shock, then settled in and looked at his body. He was lean like me, wiry and quick in his movements. He wore a black silk shirt and had a ring of dull white hair, almost shoulder length. Horseshoe bald, he looked like my grandfather in stature, but more relaxed, clinical. His eye, like mine, was blue flecked with onyx and amber.

de cabello blanco opaco que le llegaba casi hasta los hombros. Con una calva con forma de herradura de caballo, lucía como mi abuelo en estatura aunque un poco más relajado, más analítico. Sus ojos, como los míos, eran azules con destellos de ónix y ámbar.

Su porte era ágil y sigiloso, me gustaba la manera en que se movía. Miré a mi alrededor, a las mujeres mestizas y a sus hombres, a los adolescentes y estudiantes. Las mujeres conservando una belleza elegante, esbelta y firme, hasta bien pasados sus cincuenta y usualmente hasta más, con músculos que desmienten su piel ligeramente flácida. La Frontera es la experiencia americana encapsulada, palpitante y viva; un lugar que nunca cierra.

Mi yogurt de pecanas garapiñadas era confiable, un dulce recordatorio de que me encuentro bien. Medité y jugueteé ociosamente, encontrándome eventualmente de nuevo de cara al hombre. Me volteé hacia un lugar diferente y ahí estaba, sentado en una mesa con un vaso de agua y una taza de té. Se sonrió y juraría que oí en mi oído izquierdo un *"Qué tal compañero"* ligeramente sarcástico. En mi caso, esa es una expresión que uso cuando mis amigos gringos se esfuerzan demasiado en tratar der ser vaqueros. Lo miré inquisitivamente. Lo oigo de nuevo, en estéreo. Lo miro y veo su nariz de halcón, su sonrisa astuta y veo que está adoptando mis movimientos, asumiendo un personaje, al parecer.

—*¿Cómo está la panza de cerdo?* —pregunta. Otra expresión que uso en referencia a las costumbres kosher. Esta voz suena como la mía, pero no, suena como si alguien me estuviera imitando. Me hace sentir incómodo. Me aparto y miro algunos de los disparatados cuadros en las paredes. Mi yogurt está insípido y los aros de cebolla se están enfriando. Estoy muy irritado y mis niveles de serotonina elevados. Esta

His bearing was quick and stealthy, and I liked the way he moved. I looked about, at the *mestizo* women and their men, the teens and the students. Women retaining elegant, lean, hard beauty well into their fifties, and usually beyond, muscles belying the slightly sagging skin. The Frontier is the American experience encapsulated pulsing and alive – a place that never closes.

My pecan praline yogurt was dependable, a sweet reminder that I'm doing okay. I mused and twiddled and found myself eventually turning to face the man again. I turned around to a different place, and there he was, seated at a table, with a glass of water and a mug of tea. He smiled, and I could have sworn I heard a *"Howdy, pardner,"* slightly sarcastic, in my left ear. Now that's an expression I use when fellow gringo friends try too hard to be cowboys. I looked at him questioningly.

I hear it again. In stereo. I look at him, and see his hawkish nose, his devious smile, and I see that he is assuming my mannerisms, sliding in to character, it seems.

"How's porkbellies?" he asks. Another expression I use about kosher practices. This voice sounds like my own but not, it sounds more like someone mimicking me. It makes me uncomfortable. I pull away and look at some of the crazy artwork on the walls. My yogurt is insipid and onion rings are getting cold. I am wound up, serotonin levels are high. This person is goading me, and I don't know what to do about it. His mannerisms are very much like mine, and his body and physique, and definitely his eyes.

I look at him quickly and he is reading the classifieds, looping through them with his eyes, not seriously looking for anything. I shiver a bit. The classifieds are the first and only section I usually read. At this I get up and walk to the napkin dispenser, which takes me past him, and I look at him a little bit harshly. I want him to know he's creeping me out a bit. He takes this in and continues reading.

73

persona me está provocando y no sé qué hacer al respecto. Sus gestos son muy parecidos a los míos, al igual que su cuerpo y su físico y definitivamente, sus ojos.

Lo miro rápidamente y está leyendo los clasificados; paseando sus ojos por ellos sin buscar nada en serio. Me estremezco un poco. Usualmente, los clasificados son la primera y única sección que leo. En respuesta a esto, me levanto y camino al dispensador de servilletas, pasando a su lado y mirándolo con algo de severidad. Quiero que sepa que me está asustando un poco. Él se percata de esto y sigue leyendo.

Vuelvo a mi mesa con un par de servilletas y un poco más de kétchup (Siempre añado una pizca de tabasco a mi kétchup) y me siento de cara a él. Me mira y oigo —*¿Por qué estás molesto conmigo?*

—¿Yo? —digo en voz alta.

Se sonríe y me uno a su sonrisa, dándome cuenta de que respondí involuntariamente de manera verbal a una conversación telepática.

—*¿Me puedes oír?* —pregunto tímidamente, internamente.

—*Sí.*

—*Vaya.*

—*Mantén la calma. Respira. Mira las plantas. Mira los cuadros.*

Respiro e inspecciono La Frontera. Él está sujetando el periódico aún y eso me calma de alguna manera. Respiro nuevamente. —*No puedes robar mi cerebro. No te dejaré.*

Oigo risas, resonantes, risas desenfrenadas que se escuchan exactamente como la mía y el sonido repica como una armónica interior propia. Suelto una carcajada rápida en voz alta y recobro la compostura, en un cuarto lleno de los ceños más perplejos de América. Me doy cuenta de que debo parecer un adicto a la metanfetamina. —Perdón gente, pensé

I go back to my table with a couple of napkins and a ketchup refill (I always sprinkle a little tabasco in my ketchup) and sit down facing him. He looks at me and I hear *"Why are you upset with me?"*

I say out loud, "Me?"

He smiles and I join him, realizing I had involuntarily answered verbally to a telepathic communication. *"Can you hear me?"* I ask timidly, internally.

"Yes."

"Whoa."

"Stay calm. Breathe. Look at the plants. Look at the artwork."

I breathe and survey the Frontier. He is still holding the newspaper, and somehow that calms me. I breathe again. *"You can't steal my brain. I won't let you."*

I hear laughing, echoing, riotous laughing that sounds exactly like mine, and the sound of it chimes an internal harmonic of my own. I give one quick laugh out loud and catch myself, recovering to a room full of America's finest quizzical eyebrows, and realize I must look like a crystal meth addict. I say apologetically upbeat, "Sorry folks, thought of something funny."

I talk to the man in the black silk shirt, directly, telepathically. This doesn't exactly translate to words, but the exchange was almost instantaneous.

"What the hell do you want?"

"I want to talk to you."

"Why?"

"Look at me."

"You look like my grandfather."

"So do you."

"What does that mean?"

"It means you look like me."

I pull away from the link in confusion. I doubt this man because he tried to crawl into my brain. But that is what I do all the time. Truth is, I resented his mastery.

en algo gracioso —digo disculpándome de manera ingenua. Hablo con el hombre de camisa negra de seda, directamente de manera telepática. El intercambio no se traduce a palabras, pero ocurre casi de manera instantánea.

—*¿Qué demonios quieres?*

—*Quiero hablar contigo.*

—*¿Por qué?*

—*Mírame.*

—*Te pareces a mi abuelo.*

—*Tú también.*

—*¿Qué significa eso?*

—*Significa que te pareces a mí.*

Me aparto confundido del intercambio. Desconfío de este hombre porque trató de escabullirse dentro mi cerebro. Aunque eso es lo que yo hago todo el tiempo, la verdad es que resentí su destreza.

El transmitió.

—*No te quiero lastimar. Baja tus defensas.*

—*¿Quién eres?*

—*Soy el doble.*

—*¿Qué? —estoy asustado.*

—*Tu doble, pero soy mayor.*

—*Tengo miedo.*

—*No te asustes.*

—*¿Qué tan mayor eres?*

—*Ahora, 34 años. En verdad, 33 y un poco más.*

—*Vaya. Vaya. Basta.*

—*Has querido ser mayor durante tanto tiempo. ¿Y ahora qué?*

Me rio de esto. Tiene razón. Miro sus ojos: ese color ónix rodeado de azul, es mi mismo ojo. Emociones espectrales mientras contemplo unidad con mi doble. La mente acelerada

76

He transmitted.

"I don't want to harm you. Take your shields down."

"Who are you?

"I'm the double."

"What?" I am frightened.

"Your double. But I am older."

"I'm scared."

"Don't panic."

"How much older."

"Right now, 34 years. Actually 33 and change."

"Whoa. Whoa. Stop."

"You've wanted to be older for so long. Now what?"

I laugh at this. He is right. I look at his eyes, that amber embedded in blue, and it is my own eye. Spectral emotions as I contemplate unity with the double. Mind racing with questions temporal and esoteric. Rational mind desperately trying to sort it all out.

"Go back and eat something with protein, eggs or something," he says. *"Snap out of it."*

I tilt my head back and shrug my shoulders. I stand up and somnambulate to the food line. I order a breakfast burrito and coffee, and go back to the table to wait for it.

"Didn't you hear me?" he says.

"Hear what?"

"No coffee. It interferes with transmission."

I'm confused. *"You're bullshitting me, right?"*

He laughs. *"Yes, I'm bullshitting you. I can't eat or drink anything, as technically I don't exist here, but you're free to do whatever drugs you want."*

"Want to slide that last bit of physics by me again?"

"About not existing, you mean?"

I don't deign to reply.

con preguntas pasajeras y esotéricas. Mientras que la mente racional desesperadamente intenta descifrarlo todo.

—*Vuelve y cómete algo con proteína, huevos o algo* —me dice. *Sal ya del asombro.*

Inclino la cabeza hacia atrás y encojo los hombros. Me levanto y camino como sonámbulo a la cola para la comida. Pido un burrito de desayuno con café y vuelvo a la mesa a esperar.

—*¿No me escuchaste?* —me dice.

—*¿Qué cosa?*

—*Sin café. Interfiere con la transmisión.*

Estoy confundido. —*Me estás jodiendo, ¿no?*

Se ríe. —*Sí…, sí te estoy jodiendo. Yo no puedo comer o tomar nada porque técnicamente no existo acá, pero tú eres libre de tomar las drogas que quieras.*

—*¿Quieres tratar de explicarme de nuevo esa parte de la física?*

—*¿Acerca de no existir?*

No me digno a responder.

—*Estoy más adelantado que tú en el tiempo porque hay una grieta dimensional. Yo elegí ser un poeta, si te recuerdas. Nunca estudié física.*

Mi corazón se desplomó al oír esto, siempre había tenido la esperanza de entrar en razón y estudiar las ciencias después de que mi corazón de poeta se hubiese calmado un poco.

—*¿No? Tú ibas a hacerlo.*

—*Me enamoré, me hice famoso. Muchas cosas se interpusieron en el camino.*

—*¿Cómo qué?*

—*No te puedo dar detalles. Tienes que averiguarlo tú mismo.*

—*Entonces ¿para qué estas aquí?*

"I am ahead of you in time because there is a dimensional rift. I chose to be a poet, remember. I never studied physics."

My heart sinks at this. I had always hoped to come around and study the sciences, after my poet's heart had quieted down a bit.

"No? You were going to."

"I fell in love. I got famous. A lot of things got in the way."

"Like what?"

"I can't tell you details. You've got to come through it."

"Then what are you here for?"

"To wake you up."

"I'm awake, thank you."

"You're welcome."

The double stood up and gave me his mug of tea.

"I can't drink this. Here, it's yours. It's ours."

Then he turned his back to me and weaved his way through America's outpost with quick, nimble cunning, his dull white hair flopping on his black silk collar.

—*Para hacerte despertar.*

—*Estoy despierto, gracias.*

—De nada.

El doble se paró y me entregó su taza de té.

—No puedo tomarme esto. Toma, es tuyo. Es nuestro.

Me dio la espalda y se abrió paso entre el puesto de avanzada americana con astucia, rapidez y agilidad. Su cabello blanco opaco colgaba sobre el cuello de su camisa de seda negra.

II

Cuentos

Traducidos por Eugenia García Olea

II

Short Stories

Translated by Eugenia García Olea

Cassiopeia

Casiopea

Casiopea

Courtney miró hacia afuera a ese ciempiés que crecía moviéndose por la calle Dart Street. Reconoció a cuatro o cinco de las personas que esperaban en la fila para entrar a Lucky Gardens por haber vivido cuatro años en el mismo lugar. No sabía sus nombres, sólo reconocía sus rostros —salvo que el tipo que estaba ahí parado con dos amigos era Lee, que salió con Erica, la compañera de piso de su colega Allison—. Conexiones profundas. Estaba contenta de que Bill la hubiese invitado a salir esa noche, y también de que hubiese sugerido salir temprano. A ninguno de los dos les gustaban demasiado las multitudes, en los veinte minutos que había estado esperando, se dedicó a beber su agua a sorbitos en relativa paz bajo una luz inofensiva. En los tres meses que conocía a Bill él nunca antes había llegado tarde, y ella miraba por la ventana esperando verlo llegar.

Se acercó una mesera y Courtney pidió una cerveza y un plato para ella. Si Bill la iba a dejar plantada, lo que consideraba altamente improbable, comería sola y disfrutaría de esa noche lo mismo. Le trajeron la cerveza, una Kirin, y Courtney tomó un sorbo y suspiró de manera audible.

Miró nuevamente por la ventana y en el lapso de quizás tres minutos al ciempiés le habían salido otras veinte patas. Miró con desinterés los perfiles de los rostros que formaban fila al otro lado de la ventana que daba a la calle Dart Street.

Cassiopeia

Courtney looked out at the growing centipede wending its way down Dart Street. Four or five of the thirty or so people waiting in line for Lucky Gardens she recognized from living four years in one place. No names, just faces -- except maybe the guy standing with two of his friends was Lee, who went out with Erica, her co-worker Allison's roommate. Deep associations. She was glad Bill had asked her out tonight, and also that he'd suggested going out early. Neither of them particularly cared for crowds, in the twenty minutes she had been waiting, she sipped her water in relative quiet and inoffensive lighting. In the three months she had known Bill, he had never been late once, and she stared out the window in anticipation of his arrival.

A waitress came to the table, and Courtney ordered a beer and one dish for herself. If Bill was standing her up, which she thought highly unlikely, she would eat alone and enjoy her night just the same. The beer came, a Kirin, and Courtney took a sip and let out an audible sigh.

She glanced again out the front window, and in a span of maybe three minutes the centipede had grown twenty more legs. She casually scanned the profiles of the faces lined up behind the window facing Dart Street. She caught sight of his jacket, and before she even looked at his face she knew it

Lo primero que notó fue su chaqueta e incluso antes de ver su rostro supo que se trataba de Conrad. Su mano apretó la botella de cerveza con fuerza y luego se relajó. Por el momento, no levantó la vista. Imaginó su rostro, ese rostro macabro, e intentó dejar que la noche la relajara. Echó un vistazo al restaurante —la fuente, el acuario, esa mezcla de meseros y meseras asiáticos— y se preguntó dónde estaría Bill. Llevaba unos treinta minutos de retraso. Levantó la vista casi sin querer y vio que Conrad la estaba mirando fijamente, con su cabello rubio, lacio y fino agitado por la brisa y la boca medio abierta, permitiendo ver la punta de su lengua. A Courtney se le erizaron los pelitos de la nuca. La colmó una ira involuntaria al pensar en Lisa en la cama de Conrad aquel sábado por la mañana cuando pasó a verlo para darle una sorpresa. Ambos insistieron en que Lisa se había quedado a pasar la noche, solamente a dormir, pero Courtney lo mismo se alejó, manteniendo con firmeza que una amistad como la de ellos sólo podría causarle un dolor inexorable. Pero él continuó llamándola, todos los días, durante tres semanas, insistiendo que volviera. Ella se resistió y finalmente él dejó de llamar, y ella eventualmente se olvidó de él.

Pero éste, su primer encuentro con él (a pesar de ser a través de una ventana), la hizo explotar de rabia. Se levantó para ir al baño, dejando atrás la imagen de Conrad como una vaga pesadilla que esperaba entrar a ese restaurante y nuevamente a su vida.

Cuando volvió, Bill estaba sentado a la mesa. Lo abrazó con abandono y le preguntó dónde había estado. —En el trabajo —respondió él, y Courtney aprovechó esa ínfima pausa para empezar a hablar con entusiasmo acerca de su día. Habló de manera vivaz, haciendo grandes gestos con las manos, sobre sus experiencias como maestra en entrenamiento, sobre su mentor

was Conrad. Her hand tightened around the beer bottle, then relaxed. For the moment, she did not look up. She pictured his face, his ghoulish face, in her mind, and tried to relax into her evening. She scanned the restaurant – its fountain, its aquarium, its assortment of Asian waiters and waitresses – and wondered where Bill was. It was going on thirty minutes now. She looked up almost involuntarily and saw Conrad staring at her, his thin, straight blond hair rustling in the breeze, his mouth slightly open and the tip of his tongue hanging out. The hair on her neck stood up. She involuntarily filled with rage, thinking of Lisa in Conrad's bed when she went over to surprise him that Saturday morning. They both insisted that Lisa stayed the night and just slept, but Courtney backed out anyway, insisting that a friendship like theirs could only lead her to inexorable grief. And still he called, daily, for three weeks and insisted that she come back. She resisted, and eventually he stopped calling, and eventually she forgot about him.

But this, her first encounter with him (through a window though it be) filled her with a quick burst of rage. She got up to use the ladies' room, leaving Conrad's image a vague nightmare just waiting to re-enter this restaurant and her life.

When she returned Bill was sitting at the table, and she hugged him with abandon and asked him where he had been. "At work," he said, and in that pregnant pause Courtney started talking enthusiastically about her day. She talked animatedly, with ample hand gestures, of her experiences student-teaching, her mentor, and how worried she was about him. Bill watched her while sipping his water. He said nothing. Usually Courtney was not so self-absorbed. She listened well and their conversations were balanced exchanges. Tonight she was animated and irritated. Bill called the waitress over and

y lo preocupada que estaba por él. Bill la miraba mientras tomaba sorbos de agua. No dijo nada. Por lo general, Courtney no era tan egocéntrica. Sabía escuchar y las conversaciones entre ellos solían ser intercambios equilibrados. Esa noche se la notaba exaltada e irritada. Bill llamó a la mesera y pidió una cerveza. Su cerveza salió rápido, como las palabras de Courtney, y Bill se disculpó para ir al baño. Abrió el grifo y se empapó la cara con agua fría, la secó y abrió la puerta del baño. De camino a la mesa, notó al hombre de cabellos rubios lacios con cara macabra y dientes espaciados que miraba fijamente a Courtney. Logró captar la mirada de Courtney y vio que se fijaba en el tipo macabro para luego mirar hacia el otro lado, obviamente inquieta y nerviosa.

Bill regresó a la mesa y miró a Courtney. —Pidamos la comida —dijo—. ¿Ya sabes lo que quieres?

—Hace media hora que estoy aquí —respondió ella. Courtney miró a Bill y notó que su comentario lo había lastimado—. Sé lo que quiero —dijo—. Ya pedí un plato. Si quieres algo, pídelo y podemos compartir la comida a medida que vaya saliendo. —Bill asintió y tomó un trago de cerveza. Miró al tipo macabro y nuevamente a Courtney. No dijo nada.

Llegó el primer plato, camarones con tofu en salsa de frijoles negros, servidos con arroz blanco. Mientras Bill se servía la comida, a Courtney la tomó por sorpresa el contraste entre la piel negra de Bill y el arroz blanco. Consideraba que Bill era físicamente hermoso, con un metro 93 centímetros de estatura y 110 kilos de puro músculo, pero para Courtney iba más allá de eso. Bill se movía con tal gracia, con tanto respeto, siempre sirviéndola a ella primero, abriéndole la puerta y teniendo todos esos pequeños gestos que le demostraban que le importaba. Sabía que Bill había crecido en Georgia y que había venido a Nuevo México con una beca para jugar al fútbol

90

ordered a beer. His beer came quickly, as did Courtney's words, and Bill excused himself to use the men's room. He turned the faucet on and doused with face with cold water, dried it, and opened the restroom door. On his way back to the table, he caught sight of a stringy blond man with a ghoulish face and widely spaced teeth staring at Courtney. He maneuvered his position slightly to catch Courtney's eye, and saw her looking at this ghoul and turning away, obviously fidgety and nervous.

Bill returned to the table and looked at Courtney. "Let's order," he said. "Do you know what you want?"

"I've been here for thirty minutes." She responded. Courtney looked at Bill and saw that her remark hurt him. "I know what I want," she said. "I already ordered one dish. If you want something order it and we'll share them as they come out." Bill nodded and sipped his beer. He glanced at the ghoul and again at Courtney. He said nothing.

The first dish came, shrimp with tofu in black bean sauce, served over white rice. As Bill scooped the food out, Courtney was taken aback by the contrast between Bill's black skin and white rice. She found Bill, at 6'4" and 240 pounds of solid muscle, physically beautiful, but for Courtney it was more than that. Bill moved so gracefully, respectfully, always serving her first, holding doors, and doing the little things that showed her he cared. He was raised in Georgia, she knew, and came to New Mexico on a football scholarship. His Southern manners never left him. He held chopsticks delicately for a man of his size, and ate gracefully, slowly.

Bill looked at Courtney, in her white turtleneck sweater overlaid by a thin gold chain, and passed her a look that let her know he was about to speak. Courtney brushed a few strands of straight brown hair out of her blue eyes and looked at him with the intention of listening. "I want to tell you why I was

americano. Sus modales sureños no lo habían abandonado. Manejaba los palitos chinos con delicadeza para un hombre de su tamaño y comía con gracia, sin apuro.

Bill miró a Courtney con su jersey de lana por cuyo cuello cisne se asomaba una fina cadenita de oro y le indicó con la mirada que estaba a punto de hablar. Courtney retiró algunos mechones de cabello marrón lacio del frente de sus ojos azules y le devolvió la mirada, con la intención de escuchar.

—Quiero decirte por qué llegué tarde esta noche. —Hizo una pausa—. Estaba en el hospital. Hubo un accidente esta noche y tuve que ser el representante legal de Haven, para presentar los formularios de seguro, comprobantes de identificación, etc.

—Dios mío —dijo Courtney con un jadeo—, ¿qué pasó?

—Una chica se saltó un semáforo en rojo en la Washington y se incrustó en la furgoneta. Ninguno de los empleados de Haven falleció, pero hubo varios heridos. La chica, de 23 años, murió al instante. —Bill hizo una pausa y tomó un sorbo de cerveza—. Era Angélica, la hermana menor de Marco Sánchez. —Courtney se quedó mirando a Bill sin saber qué decir—. Marco jugaba al fútbol americano conmigo en UNM. Fuimos compañeros de cuarto en la residencia universitaria y después vivimos juntos cuando con un grupo de estudiantes nos mudamos afuera de la residencia. La conocía desde sus 16 años. —Hizo otra pausa y tomó otro sorbo de cerveza despacio.

—¡Cuánto lo lamento! ¿Quiénes iban en la furgoneta?

—Phil iba conduciendo. Está bien, Angélica chocó contra el lado del pasajero. Jenna y Doug iban en la furgoneta también y Jenna no tenía puesto el cinturón de seguridad. Se lastimó bastante. Conmoción cerebral. Doug tiene un pulmón perforado pero va a estar bien.

late tonight." He paused. "I was at the hospital. There was an accident tonight and I needed to be the legal representative of Haven, to provide insurance forms, proof of identification, etcetera."

"Oh my god," Courtney gasped. "What happened?"

"A girl ran a red light on Washington and plowed into the van. No one from Haven was killed, but there were a few injuries. The girl, 23 years old, was killed instantly." Bill paused and took a sip of his beer. "She was Angelica, Marco Sanchez's younger sister." Courtney looked at Bill and didn't know what to say. "Marco played football with me at UNM. We were roommates in the dorms and housemates when a bunch of us moved off campus. I'd known her since she was 16." He paused again, and sipped his beer slowly.

"I'm so sorry. Who was in the van?"

"Phil was driving. He's okay; Angelica hit the passenger's side. Jenna and Doug were in the van also, and Jenna wasn't wearing a seat belt. She's pretty banged up. Head injury. Doug has a punctured lung but should be okay."

"Oh my god," Courtney mumbled. She had taken a liking to Jenna when they met. Jenna had Down's Syndrome. She was in her late twenties and loved to sing and play basketball. Courtney filled in once for a sick staffer in an emergency and she and Jenna had gone to the mall for ice cream. Jenna had surprised her in many ways.

"So it's been quite a night," Bill said. "Normally, I would have called. I apologize."

"I'm sorry for being so rude before. Are you okay? Do you want to leave?"

A creepy feeling crawled up his neck, and out of the corner of his eye Bill saw the ghoulish blond man staring at

—Dios mío —balbuceó Courtney. Le había caído bien Jenna cuando se conocieron. Jenna tenía síndrome de Down. Tenía cerca de treinta años y le encantaba cantar y jugar al baloncesto. Courtney había reemplazado una vez a un empleado que estaba enfermo en una emergencia y ella y Jenna habían ido al centro comercial a comprar helados. Jenna la había sorprendido de muchas maneras.

—Así que ha sido una noche tremenda —dijo Bill—. En circunstancias normales, te hubiese llamado. Te pido disculpas.

—Yo te pido disculpas por haber sido tan grosera antes. ¿Estás bien? ¿Quieres que nos vayamos?

Una sensación espeluznante le subió por el cuello y con el rabillo del ojo Bill alcanzó a ver que el tipo macabro de cabellos rubios lo miraba fijamente. Le clavó los ojos y le dijo a Courtney, haciendo gestos para que el tipo los viera: —No, quiero sentarme y relajarme por un momento. Pero me gustaría que salgas y le digas a tu amigo que deje de mirarnos así o voy a salir yo mismo a decírselo. —Las pupilas de Courtney se dilataron y se quedó con la boca abierta—. ¿Pensaste que no lo iba a notar? —preguntó Bill.

—Yo, yo… yo misma lo hago.

—¿Me quieres decir quién es?

—Se llama Conrad. Salí con él el año pasado.

—Es bastante maleducado.

Courtney se rio. —De hecho lo es. Ya vuelvo. —Se paró y Bill admiró su fortaleza menuda. Con un metro y 55 centímetros de estatura, era bajita, pero su pecho la hacía parecer fuerte y poderosa. Tenía una postura derecha y su rostro era pequeño, pero de ninguna manera débil o indefenso. Debajo de su falda negra, los músculos de sus pantorrillas se notaban tonificados y poderosos. Observó cómo salía y le decía unas pocas palabras a Conrad, señalando hacia la mesa.

him. He looked him dead in the eyes, and said to Courtney, gesturing so the ghoul could see, "No, I want to sit and relax a moment. But I would like you to go outside and tell your friend to stop staring at us, or I will go out there and do it myself." Courtney's pupils dilated and her jaw half-dropped. "Didn't think I noticed?" Bill asked.

"I...I...I'll do it myself."

"Want to tell me who he is?"

"His name's Conrad. Went out with him last year."

"He's a mighty rude fellow."

Courtney laughed. "That he is. I'll be back." She stood up, and Bill admired her petite strength. At five-one, she was short, but her chest made her appear strong and powerful. Her shoulders were square and her face was small but not weak or helpless in any way. Below her black skirt her calf muscles were toned and powerful. He watched her step outside and say a few brief words to Conrad, pointing to their table. He laughed out loud as she pushed him hard against the window, making all the customers look up. With her chin in the air she marched back to their table and sat down triumphantly. "I've been wanting to do that for a long time," she said, smiling at Bill, and dug into the shrimp and tofu. Bill smiled too, but Courtney could now see the sadness in his eyes, and the heaviness in his heart.

"Do you want to order another dish?" she asked.

"No, let's eat this and go," he replied. "I need some fresh air."

They finished and walked out, past Conrad and his friend, Conrad not daring to look at either of them. They walked around the corner to Bill's car and got in.

"Where's your car?" Bill asked.

"It's about two blocks away. We can pick it up later. What do you want to do?" she asked. "It's your night."

Se rio a carcajadas cuando ella le dio un fuerte empujón contra la ventana, haciendo que todos los clientes miraran. Con la cabeza en alto, marchó de regreso a la mesa y se sentó con aire triunfal. —Hace rato que quería hacer eso —dijo, sonriéndole a Bill, y se puso a comer sus camarones y tofu con ganas. Bill sonrió también, pero Courtney pudo ver ahora la tristeza en sus ojos y la pesadumbre en su corazón.

—¿Quieres pedir otro plato? —le preguntó ella.

—No, comamos esto y vámonos —respondió él—. Necesito tomar un poco de aire.

Terminaron y salieron, pasando frente a Conrad y su amigo, Conrad sin animarse a mirarlos a ninguno de los dos. Caminaron hasta la vuelta de la esquina donde estaba el automóvil de Bill y se subieron.

—¿Dónde está tu automóvil? —preguntó Bill.

—Está como a dos cuadras de acá. Lo podemos pasar a buscar después. ¿Qué quieres hacer? —le preguntó ella—. Es tu noche.

Bill puso la radio en una estación de música clásica debajo del 90 en el dial de FM. Courtney oyó las cuerdas sonando a todo volumen y miró a Bill. —La muerte y la doncella —dijo él—. Schubert. Toqué esta pieza en el penúltimo año de la universidad. —Nunca dejaba de sorprender a Courtney. Se había olvidado por un momento de que era un chelista y que hacía poco había dejado de tocar para enfocarse en su trabajo en Haven a tiempo completo. Aún practicaba, pero en ese momento no estaba tocando en ninguna orquestra o banda. Una banda folklórica local le había hecho una oferta y la estaba considerando. —Creo que me gustaría ir a la Cima. Las estrellas están hermosas esta noche.

—Me parece una idea fabulosa.

—Tengo dos suéteres en el maletero por si se pone muy frío.

Bill turned on the radio to a classical station below 90 on the FM dial. Courtney heard the sound of strings blaring, and looked at Bill. "Death and the Maiden," he said. "Schubert. Played it junior year." He never failed to surprise Courtney. She had forgotten for the moment that he was a cellist, putting the instrument down only recently to pursue his work at Haven full-time. He still practiced, but was not currently playing in any orchestras or ensembles. He had an offer from a local folk band, which he was considering. "I think I'd like to go to the Crest. The stars are beautiful tonight."

"Sounds fabulous."

"I have two sweatshirts in the trunk if it gets too cold."

"Great. I know the prefect spot up there."

"Me too." They listened to the string quartet in silence and Bill got on the interstate. He drove a short while and turned the volume down.

"How do you know?" he asked. Courtney had been listening intently to the dulcet violins.

"How do you know what?"

"When you wake up in the morning, how do you know whether you're going to make it through the day? Angelica was 23."

"I don't think you do know. I don't think you can know." she replied. "If you could, it would change your whole life."

"My whole life changed today, but I'm not sure how." Courtney did not reply, and after a few seconds, Bill turned up the volume. The strings rose and fell in deep sonorous waves. Bill remembered the cello part from the scherzo and hummed along. They reached the crest highway and wound their way up the mountainside. Neither spoke as Bill pulled onto the shoulder and turned off his headlights, leaving just his parking

—Genial. Conozco el lugar perfecto allá arriba.

—Yo también. —Escucharon el cuarteto de cuerdas en silencio y Bill ingresó a la carretera. Después de conducir un corto tramo, bajó el volumen.

—¿Cómo se sabe? —preguntó él. Courtney había estado escuchando atentamente a los melodiosos violines.

—¿Cómo se sabe qué cosa?

—Cuando te levantas a la mañana, ¿cómo sabes si vas a sobrevivir ese día? Angélica tenía 23 años.

—No creo que se sepa. No creo que podamos saberlo —respondió ella—. Si pudieras, cambiaría toda tu vida.

—Mi vida entera cambió hoy, pero no estoy seguro de qué manera. —Courtney no respondió y después de unos segundos, Bill subió el volumen. El sonido de las cuerdas subió y bajó en profundas ondas sonoras. Bill se acordaba de la parte del scherzo que correspondía al chelo y la tarareó con la música. Llegaron a la ruta que conducía a la cima y empezaron a subir por un camino sinuoso de la ladera de la montaña. Ninguno de los dos dijo una palabra cuando Bill estacionó en la banquina y apagó las luces, dejando solamente las luces de estacionamiento encendidas, para que la luna en cuarto creciente y un brillante manto de estrellas les ilumine el camino. Bill posó su mano sobre la pierna de Courtney y ella sintió su calidez, su sinceridad y el dolor y la confusión por los que estaba atravesando. Con dulzura, colocó su mano sobre la de él y le acarició los dedos uno por uno. Al igual que antes, ninguno de los dos dijo una palabra. Se acercó un automóvil y Bill retiró su mano de la pierna de ella y encendió las luces para que el otro vehículo supiera que estaba ahí. El automóvil hizo señas de luces y pasó de largo acelerando.

—Mi lugar preferido queda un poco más arriba, a la derecha —dijo Bill y puso el automóvil en marcha—. Salgamos

lights on, letting the waxing gibbous moon and a bright canopy of stars light their way. Bill put his hand on Courtney's leg and she felt his warmth, his sincerity, and the pain and confusion he was going through. She placed her hand gently on his and stroked his fingers individually. Again, neither spoke. A car came and Bill took his hand from her leg and turned his lights on to let the other car know he was there. The car flashed its brights and sped by.

"My spot is up here on the right," Bill said, and started the engine again. "Let's get off the road." He tucked the car into a secluded ledge with an overlook. Then he turned the radio off, cut the engine, and the two of them stared over the precipice, beyond the lights of the city and into the smoky black abyss. The sky was clear tonight, but the lights from the city made the first ten degrees above the horizon difficult to see. Neither spoke as Bill opened his door, walked around, and opened Courtney's door. After opening the trunk and putting on their sweatshirts, they held hands as they crossed the threshold of the trailhead. They walked for maybe a tenth of a mile and stopped in a clearing. Bill let go of Courtney's hand and sat on a stump. It was mid-November, and a dull chill swirled through the air at this 8,000-foot vantage point. Bill leaned back and stared up in to the sky – he was an avid stargazer, and this was the part of the sky he knew best. Cassiopeia floated almost directly overhead, and the stars stood guard while Bill let his emotions uncoil. Courtney sat in his lap and they held hands, silently, their breathing blending with the wind this autumn night. After a few moments Bill broke the silence. "Do you watch the stars?"

"Not really," she replied. "I can find Orion and the Big Dipper, but I wouldn't call myself an astronomer." Bill was silent a moment.

de la carretera. —Metió el automóvil en una cornisa que tenía un mirador. Después apagó la radio y el motor, y los dos se quedaron mirando hacia el precipicio, más allá de las luces de la ciudad, hasta el abismo negro difuso. El cielo estaba despejado esa noche, pero las luces de la ciudad hacían difícil ver los primeros diez grados sobre el horizonte con claridad. Ninguno de los dos habló mientras Bill abría su puerta, caminaba alrededor del vehículo y le abría la puerta a Courtney. Después de abrir el maletero y de ponerse los suéteres, se tomaron de la mano al cruzar el comienzo de la senda. Caminaron unos 150 metros y se detuvieron en un claro. Bill soltó la mano de Courtney y se sentó en un tocón. Era mediados de noviembre y un frío leve revoloteó en el aire de ese lugar con vista privilegiada a 2500 metros de altura. Bill se echó hacia atrás y miró hacia arriba, al firmamento. Era un ávido astrónomo y ésta era la parte del cielo que mejor conocía. Casiopea flotaba casi directamente encima de ellos y las estrellas hacían guardia mientras Bill dejaba que sus emociones se desenredaran. Courtney se sentó en su regazo y se tomaron de la mano, en silencio, sus respiraciones mezclándose con el viento de esa noche de otoño. Después de unos momentos Bill rompió el silencio. —¿Sabes algo de estrellas?

—La verdad es que no —respondió ella—. Puedo encontrar a Orión y la Osa Mayor, pero no diría que soy una astrónoma. —Bill se quedó callado por un momento.

—¿Ves la W que está de costado?

—Sí.

—Es Casiopea.

—La veo.

—La Reina de Etiopía. —Señaló nuevamente—. ¿Ves el arco con forma de pez que está a su lado? Es Perseo. Los nombres son arcaicos, pero me quedaron grabados. Héroes mitológicos, ya sabes. Le ponemos nombres grandiosos a las

"See the sideways W?"

"Yes."

"That's Cassiopeia."

"I see it."

"The Ethiopian Queen." He pointed again. "See the fish-like arc next to it? That's Perseus. The names are archaic but they stuck. Mythological heroes, you know? We give the stars grand names, don't we? If we need a place to hang our delusions of grandeur, why don't we just hang them on each other?" He looked dreamily skyward. "The stars comfort me. I come up here whenever I need to put the pieces together. Sometimes I just sit and stare and ask God to do it for me. I think that's what I'm doing now."

Courtney didn't answer, she just tightened her grip on Bill's tremendous hands. "I saw her body, Angelica's. It was disgusting. Not in a gory way – though it was pretty bloody – more like unjust and enraging and confusing all at the same time. I felt so many different emotions at once."

"You seemed composed at dinner. Especially for what happened."

"At dinner I was still in shock, and also in a public place. I've never been good at showing my emotions in public. I cried at the office though." Courtney leaned over and kissed him, softly on the mouth. She put her hand on his shoulder and drew it across his chest. He kissed her back, with a ferocious softness that Courtney had never felt before. He picked her up and put her down again, straddling him, and they kissed for a few minutes. Courtney felt a hot tear land on her lip and pulled up to look at Bill, whose eyes were still closed. Suddenly his chest heaved, and Courtney held him while he cried. The sobs were soft at first – subtle, cascading whimpers. Then Bill let loose a bellowing howl – half cry, half scream. His call was

estrellas, ¿no? Si necesitamos un lugar donde colgar nuestros delirios de grandeza, ¿por qué simplemente no nos los colgamos a nosotros mismos? —Miró hacia el firmamento con ojos soñadores—. Las estrellas me reconfortan. Vengo a este lugar cada vez que necesito encontrarle el sentido a algo. Algunas veces sólo me siento y me quedo mirando y le pido a Dios que lo haga por mí. Creo que eso es lo que estoy haciendo en este momento.

Courtney no respondió, simplemente sujetó con más firmeza las tremendas manos de Bill. —Vi su cuerpo, el cuerpo de Angélica. Me resultó repugnante. No por ser cruento, si bien estaba bastante ensangrentado, sino más bien por ser injusto y generar tanta rabia y confusión, todo al mismo tiempo. Sentí tantas emociones diferentes a la vez.

—Parecías tranquilo durante la cena. Especialmente teniendo en cuenta lo que pasó.

—Durante la cena todavía estaba en shock y también en un lugar público. Nunca he sabido demostrar mis emociones en público. Pero lloré en la oficina. —Courtney se inclinó y lo besó, suavemente en la boca. Colocó la mano en el hombro de él y la deslizó por su pecho. Él le devolvió el beso, con una suavidad feroz que Courtney nunca antes había sentido. La levantó y la volvió a sentar, pero esta vez montada a horcajadas, y se besaron durante unos minutos. Courtney sintió una lágrima cálida que le cayó en el labio y se detuvo a mirar a Bill, que aún tenía los ojos cerrados. De repente su pecho empezó a sacudirse y Courtney lo abrazó mientras él lloraba. Al principio, los sollozos eran suaves, sutiles gemidos que brotaban en cascada. Luego Bill dejó escapar un aullido rugiente, mitad llanto, mitad grito. A su aullido respondió una manada de coyotes que merodeaba por alguna parte de la meseta occidental. Se paró de

returned by a pack of coyotes prowling somewhere along the west mesa. He stood up quickly and Courtney came right up with him still holding him as Bill let himself suffer through paroxysms of emotion and strangulated pain. Finally he let Courtney down.

She stumbled a bit and regained her balance. She looked up into his eyes, which were still closed, his face stained with tears delicately reflected by the light of the desert moon. She longed to speak, but what could she offer into a silence such as this? Did he really need to hear it? So she stared at Bill, waiting for a moment to speak, to tell her that she shared his pain, that she knew how unjust it all was, how crazy and chaotic it all seemed to be. But Bill was looking to the stars for his answers, and she would just have to wait for the opportunity to arise. She sat on the stump and looked straight up at Cassiopeia, wondering what order, if any, Bill saw in those constellations, those swirling balls of gas and consciousness. She found Orion rising to the East and stared at the Belt, waiting thoughtlessly, breathing heavily as the wind picked up and blew in and up the slope to the crest. It was a moonless night and she was cold under the sweatshirt. A tear fell down the side of her face and she turned to look at Bill. His bulk was accentuated against the little stump where he sat, holding his head in his hands and crying in big, heaving sighs.

She walked to the stump and stood in front of him, still. When he finally looked up he saw her there and his crying stopped abruptly for a second before resuming its normal rhythm. She held her hands out and he slowly took them in his own. Their eyes met.

"I know the world is unjust," she said.

Bill did not answer, he just looked at her.

golpe, y Courtney con él, abrazándolo todavía mientras Bill se dejaba llevar por paroxismos de emoción y dolor estrangulado. Finalmente, la depositó en el suelo.

Ella trastabilló un poco y recuperó su equilibrio. Alzó la vista y lo miró a los ojos, que aún estaban cerrados, su rostro mostrando rastros de las lágrimas que reflejaba con delicadeza la luz de esa luna de desierto. Deseó poder hablar, ¿pero qué podía ofrecer ella frente a un silencio como ese? ¿Había algo que pudiera decir que él realmente necesitara escuchar? Así que se quedó mirando a Bill, esperando el momento de hablar, para decirle que compartía su dolor, que sabía lo injusto que era todo, lo loco y caótico que todo parecía ser. Pero Bill miraba las estrellas en busca de sus respuestas y ella iba a tener que esperar hasta que se presentara la oportunidad. Se sentó en el tocón y alzó la vista para mirar a Casiopea, preguntándose qué orden, si es que tenían alguno, le encontraba Bill a esas constelaciones, esas bolas gaseosas de conciencia revuelta. Encontró a Orión hacia el este y se quedó mirando el cinturón, esperando sin pensar en nada, respirando muy fuerte cuando se levantó un viento que subió por la ladera hasta la cima. Era una noche sin nubes y tenía frío incluso con el suéter. Una lágrima rodó por el costado de su cara y se volvió a mirar a Bill. Su corpulencia era aún más notoria en contraste con el pequeño tocón donde se había sentado, con la cabeza en sus manos y llorando en grandes suspiros agitados.

Caminó hasta el tocón y se paró frente a él, inmóvil. Cuando finalmente levantó la vista, la vio ahí y su llanto se detuvo de manera abrupta por un segundo antes de retomar a su ritmo normal. Ella le tendió sus manos y él las tomó lentamente. Se miraron a los ojos.

"You never know what's coming," she said, "and you never know how to deal with it when it comes."

Bill seemed paralyzed, his hands heavy in hers and his stare vacant, not exactly through her but beyond her. His eyes were glazed and his body was limp and vacant.

"It's not your fault, Bill. There's nothing you can do."

"I know," he said, still staring.

"It's the helplessness of it all, isn't it?"

"She was a kid."

"She made it to twenty-three," Courtney said, shortly. She let Bill's hands down onto his lap, and then changed her mind and leaned back with all her weight and tried to pull Bill up. She got enough momentum to get him started, and he lifted his body from the stump and pulled her back into his arms. He hugged her.

"That's so young," he said.

"Not as young as some."

Bill looked at her and she returned his glance headlong. There was silence. Courtney let go of Bill's hands and walked slowly, deliberately around the stump. She looked into the sky, choosing a spot and focusing her attention there. The brighter stars appeared first, but as she trained her eyes on the stars, the smaller, more distant stars miraculously appeared in every crevice of the sky, in subtle shades, colors and magnitudes.

"Where do you think she went?" Courtney asked suddenly.

"Angelica?"

"Yes."

"I don't know. I think she's still here, confused. It happened too fast."

—Sé que el mundo no es justo —dijo ella.

Bill no respondió, simplemente la miró.

—Nunca sabemos lo que nos depara el destino —dijo ella—, y nunca sabemos cómo enfrentarlo cuando llega.

Bill parecía paralizado, sus manos pesadas sobre las de ella y su mirada ausente, no exactamente atravesándola, pero yendo más allá de ella. Sus ojos estaban vidriosos y su cuerpo sin fuerzas y vacío.

—No es tu culpa, Bill. No hay nada que puedas hacer.

—Ya sé —dijo él, aún con la mirada perdida.

—Es la impotencia que causa, ¿no?

—Era una niña.

—Llegó a los veintitrés —dijo Courtney secamente. Dejó las manos de Bill en su regazo, y luego cambió de idea y se echó hacia atrás con todo su peso y trató de levantar a Bill. Logró suficiente ímpetu como para ayudarlo a empezar y él levantó su cuerpo del tocón. La atrajo hacia sus brazos nuevamente y la abrazó.

—Era tan joven —dijo él.

—No tan joven como otros.

Bill la miró y ella le devolvió la mirada de frente. Se hizo un silencio. Courtney soltó las manos de Bill y caminó de manera lenta y deliberada alrededor del tocón. Miró al cielo, eligiendo un punto y enfocando su atención ahí. Las estrellas más brillantes aparecieron primero, pero a medida que sus ojos se iban acostumbrando a las estrellas, las más pequeñas y distantes comenzaron a aparecer milagrosamente en cada grieta del firmamento, en sutiles tonos, colores y magnitudes.

—¿Dónde crees que fue? —preguntó Courtney de repente.

—¿Angélica?

—Sí.

Courtney kept her focus and the stars continued revealing themselves like rose petals. It took time to formulate her words. "Be thankful it's not someone you love."

Bill looked at her and then up to the stars. Cassiopeia was where it was supposed to be, and the sky creeped inevitably west and the wind came up the crest in bitter gusts. He could not verbalize anything, but he could feel something welling inside Courtney. His own pain was relieving itself, and he was beginning to feel thankful. But he was also thinking about Marco and his whole family, and how the Sanchez house was his home away from home for three years when he and Marco were teammates. "It is someone I love."

"But it's not someone you see every day."

"That's true. It's not."

Courtney let his hand go and remained intent, staring at her chosen corner of the sky. Finally she turned to Bill. "I've never told you about my brother."

Bill paused a moment, and said, "You told me you had two brothers. I really don't remember anything about them."

"Well," Courtney said, turning around and looking up into his eyes, "I used to have three."

Bill looked at her, and as another tear rolled down his face, he watched her try to maintain her composure. Her face strained to contain it, muscles twitching and skin changing colors, until she gave up and let the tears come freely. "He was my baby brother. I had two older brothers and I was the only girl. I was 17, senior in high school, getting ready to leave for college."

Bill looked down into Courtney's eyes. She wasn't exactly crying. Her eyes were wet with rage and injustice. She looked back at him. His face was twisted, distorted with pain and confusion. Courtney could see his eyes change, vacillating

—No sé. Creo que todavía está aquí, confundida. Pasó todo demasiado rápido.

Courtney mantuvo su foco de atención y las estrellas continuaron revelándose como pétalos de rosas. Le llevó tiempo formular las palabras. —Agradece que no era alguien a quien amabas.

Bill la miró y luego alzó la vista al cielo. Casiopea estaba donde se suponía que debía estar y el firmamento se deslizaba inevitablemente hacia el oeste, mientras el viento subía a la cima en ráfagas glaciales. No podía verbalizar nada, pero podía sentir algo brotando dentro de Courtney. Su propio dolor se iba mitigando y empezaba a sentirse agradecido. Pero también estaba pensando en Marco y toda su familia y cómo la casa de los Sánchez había sido su hogar lejos de su propia casa durante tres años mientras Marco y él jugaban para el mismo equipo. —Es alguien a quien amo.

—Pero no es alguien a quien veas a diario.

—Es cierto. No lo es.

Courtney soltó su mano y continuó absorta, mirando fijamente ese rincón del firmamento que había elegido. Finalmente se volvió hacia Bill. —Nunca te he contado lo de mi hermano.

Bill hizo una pausa por un instante y dijo: —Me contaste que tenías dos hermanos. En realidad no recuerdo nada acerca de ellos.

—Bueno —dijo Courtney, dando la vuelta y mirándolo a los ojos—, antes tenía tres.

Bill la miró y, con otra lágrima rodándole por la mejilla, la observó intentar mantener la compostura. Su rostro reflejaba el esfuerzo que estaba haciendo por contenerse, sus músculos se contrajeron y su piel cambió de color, hasta que se dio por vencida y dejó que las lágrimas fluyeran libremente. —Era

in quick bursts from resistance to bewilderment to detachment to acceptance. She stepped toward him and he picked her up. She wrapped her legs around his waist and they stared long and deeply into each other's eyes. A single tear fell from Courtney's eye, a tear of memory and the ensuing resolve. In that tear Bill recognized her indomitable will to live. Under the billion blazing stars Bill saw the warrior in Courtney, and he pulled her in close and squeezed. In Bill's arms Courtney broke, and they were both crying now, each for their own reasons, perhaps, and each for their own hearts. But there they were, nonetheless -- man and woman, clutching one another under the velvet canopy of night, each star pulsing through eternity like a distant and unanswered question.

mi hermano menor. Tenía dos hermanos mayores y yo era la única mujer. Yo tenía 17 años, estaba en mi último año de la secundaria, preparándome para ir a la universidad.

Bill bajó la vista hasta encontrar los ojos de Courtney. No es que estuviera llorando precisamente. Sus ojos estaban húmedos de rabia e injusticia. Ella le devolvió la mirada y vio su rostro retorcido y distorsionado por el dolor y la confusión. Courtney pudo ver el cambio en sus ojos, vacilando en ráfagas rápidas entre la resistencia y el desconcierto, el desprendimiento y la aceptación. Ella se movió en su dirección y él la levantó en sus brazos. Ella rodeó su cintura con las piernas y se quedaron mirándose a los ojos profundamente. Una única lágrima brotó de los ojos de Courtney, una lágrima de recuerdo y la consiguiente determinación. En esa lágrima Bill reconoció su indomable voluntad de vivir. Bajo los miles de millones de estrellas centelleantes Bill vio el espíritu de lucha de Courtney, la atrajo hacia sí y la apretó con fuerza. En los brazos de Bill Courtney se quebró y ambos lloraban ahora, cada uno por sus propios motivos, quizás, y cada uno por su propio corazón. Pero ahí estaban sin embargo, un hombre y una mujer, aferrándose el uno al otro bajo el manto aterciopelado de la noche, cada estrella palpitando por toda la eternidad como una pregunta distante y sin respuesta.

La Madre

La Madre

La Madre

Llegué al pueblo una generación después de acontecidos los hechos. Para ese entonces, los árboles, arbustos, plantas, flores y pastizales se habían confabulado para entre todos tragarse al convento. Las ramas de hiedra trepaban por los barrotes de hierro forjado de los balcones que dan a la calle, llegando al primero, segundo y tercer pisos. Al acercarse al techo, se detenían. Ese techo fue su mundo privado, donde ella cultivaba su devoción, le cantaba a la luna y hablaba con las plantas llamándolas por su nombre.

Escuché su voz por primera vez durante la segunda noche de mi estadía ahí, ya que la primera noche hubo luna nueva, su momento de silencio. Creí que se trataba de un lobo, un coyote, cualquier cosa. Su aullido, herido y primitivo, provocó en mí una sensación indescriptible. En cierta forma, me hizo menos humano. Me transmitió que había cosas que nunca llegaría a saber, lugares a los que nunca iría. En resumen, que mi vida era una hoja de papel que ostentaba un garabato hecho con tinta divina. Pero esta historia no trata de mí.

Cuando ella cantaba, algo en mi corazón se contraía involuntariamente, como si supiera que nunca podría sobrevivir lo que ella había tenido que soportar. Todas las noches ella cantaba y yo al principio no lograba captar los matices de su canto. A medida que fueron pasando las noches,

La Madre

I came to this place a generation after it happened. By then the trees, bushes, plants, flowers and grasses had conspired to envelop the convent. Vines of ivy climbed the wrought-iron rails on the streetside balconies, one, two, three stories high. They stopped as they approached the roof, her private world where she cultivated her devotion, sang to the moon, and talked to the plants by name.

I first heard her voice the second night of my sojourn here, as the first was a new moon - her time of silence. I thought it was a wolf, a coyote, any number of things. Its call, wounded and primeval, cast in me a sensation difficult to describe - it made me less human somehow. It told me there were things I'd never know, places I'd never go - in short, that my life was a piece of paper with a scribble of divine ink. But this story is not about me.

When she sang, something in my heart recoiled involuntarily, as if it knew it could never survive what she had endured. Nightly she would sing, and at first I could not detect the nuances of her song. Then the nights passed, and I picked up cadences, even hummed an occasional harmony. But her pain was too vast. I could not even hum on most nights, just climb to my roof and stare at the stars, registering her song with my ears, with my viscera.

113

empecé a detectar cadencias e incluso llegué a tararear alguna que otra melodía. Pero la inmensidad de su dolor me superaba y la mayoría de las noches no podía ni tararear. Me limitaba a subir al techo y mirar las estrellas, dejando que su canto entrara por mis oídos y me penetrara visceralmente.

Su cantar continuó noche tras noche, cesando únicamente con la luna nueva. Con su canto como telón de fondo, empecé a entender los sutiles movimientos del cielo nocturno —la lenta e interminable danza de las estrellas y el horizonte imaginario de este otro cielo, más chato que mi cielo estadounidense—. Pasarme la noche en vela se había convertido en una costumbre, para luego retirarme a dormir una siesta de dos o tres horas cuando las primeras luces aparecían detrás de los cerros lejanos, después de lo cual, me levantaba para hacer frente a otro día de trabajo.

Cuando quise darme cuenta, mi vida entera estaba entrelazada con el hechizo de su canto. Empecé a entender y apreciar la comida mexicana, esos almuerzos largos, y a darme después el gusto de una siesta que me permitiría seguir funcionando el resto del día. Aprendí a hacerme el tiempo para dormir otra siesta después del trabajo, a sabiendas de que mis noches estarían consagradas a las estrellas lentas y silenciosas. Y al lamento de La Madre. A veces, mientras estaba recostado en el techo, las estrellas dejaban de existir y podía ver las ondas sonoras propagándose por el firmamento mucho después de que su voz se hubiera apagado —sólo para comenzar nuevamente en otro tono, otro matiz de emoción humana que yo apenas llegaba a comprender vagamente—.

Cierta mañana en la que no logré dormir durante mi siesta después del alba, andaba cansado y exhausto. John, mi supervisor, me arrinconó en el baño.

Her singing continued nightly, ceasing only with the new moon. With her song as backdrop, I began understanding the subtle movements of the night sky - the infinitely slow dance of stars and the imaginary horizon of a sky different, flatter than my American sky. Staying up all night had become habit, then retiring for a two or three hour nap just after the hint of first light over the distant hills, after which I would awaken for another day at work.

Before I knew it, my entire life had become interwoven in the spell of her song. I began to understand and cherish the Mexican *comida* - the long lunch, and afterwards indulging in the *siesta* that kept me going for the rest of the day. I learned to squeeze in another *siesta* after work, knowing my night would be devoted to the slow, silent stars and the wail of La Madre. At times as I lay on my roof the stars would cease to exist and I could see the sound waves rippling through the starfield long after her voice had subsided - only to start again in another pitch, another degree of human emotion I could only faintly comprehend.

On a particular morning after which my post-dawn nap was sleepless, I was tired and frazzled. I was cornered by my supervisor John by the bathroom.

"Go home and get some sleep," he said. "Come to my house for *comida* -- *a las dos y media.*"

I walked home quickly, buying a bottle of Chilean wine on the way. As an *extranjero* I knew it to be impolite to ask, and now finally John had invited me to his home to talk about La Madre. John had lived here his whole life, so was technically native. But his name betrayed him. His mother was a *norteamericana* who married another ex-pat in the Xalapa symphony, and stayed. John had been my supervisor and closest

—Vete a casa y duerme un poco —me dijo—. Y ven a mi casa para la comida, a las dos y media —agregó, comenzando la oración en inglés y terminando la invitación en español.

Me fui a casa caminando rápido y compré una botella de vino chileno en el camino. En mi calidad de extranjero, sabía que era de mala educación preguntar y ahora, finalmente, John me había invitado a su casa para hablar de La Madre. John había vivido aquí toda su vida, por lo que técnicamente era nativo del lugar. Pero su nombre lo delataba. Su madre era una norteamericana que se casó con otro expatriado de la Orquesta Sinfónica de Xalapa y se quedó. John había sido mi supervisor y confidente desde que llegué, pero aun así, ésta era la primera vez que mencionaba a La Madre.

El resto del día se me hizo interminable y me lo pasé en tensa espera. Por casualidad, esa noche había luna nueva, un descanso del lamento de La Madre y la oportunidad de dormir toda la noche. Mientras hablaba con John me di cuenta de que hacía meses que no salía ni alternaba socialmente con nadie, ni siquiera para compartir una comida.

Toqué el timbre y me mecí sobre mis talones. Teresa atendió y me hizo pasar. Besé a las mujeres en la mejilla y le di la mano a John. Consuelo era la cuarta, una amiga de Teresa, la hermana de John. Consuelo y John me acompañaron a la sala. Teresa se quedó abriendo la botella de vino.

Hablamos de trabajo, del clima. Yo lograba intercalar algunas frases tímidas en español de vez en cuando, sin dejar de prestar suma atención al escucharlos en todo momento. Finalmente me sobrepasaron. Hablaban tan rápido que perdí el contacto con sus palabras y me refugié en mi copa de vino, esperando el momento propicio para preguntar sobre La Madre. Miré a Consuelo y levanté mis cejas. Me sonrió.

Poco después, las mujeres se fueron a la cocina. Teresa

confidant since my arrival, and yet here was his first mention of La Madre.

The rest of the day passed slowly, tensely. As coincidence may have it, tonight was the new moon, a respite from the wailing of La Madre and the opportunity to sleep through the night. While I was walking to John's I realized that I had not socialized in months - not even to share a meal.

I rang the bell and rocked back on my heels. Terésa answered and let me in. I kissed the women on the cheek and shook John's hand. Consuelo was the fourth, a friend of Terésa, John's sister. Consuelo and John escorted me to the living room. Terésa stayed behind to open the bottle of wine.

We talked about work, the weather - me interjecting some frail Spanish sparsely, but listening intently all the while. Eventually they sped past me, speaking so fast that I lost their words and receded into my glass of wine, waiting for the right moment to ask about La Madre. I looked at Consuelo and threw up my eyebrows. She smiled.

After awhile the women went into the kitchen. Terésa got up and Consuelo followed. Terésa began talking in rapid Spanish to Carlita, telling her we were ready to eat and going over the particulars of the recipe. When we were seated Carlita served the *sopa*, and we ate and talked.

"How long have you lived here?" Terésa asked me.

"Thirteen new moons - tonight being the thirteenth."

"Is that all?" John teased. "Seems much longer to me."

"Because you have to see me every day." My stress in Spanish was on the *todos*, the *every*. We laughed.

"My first night here was a new moon. Little did I know what the next night would bring!"

We laughed again, sipping wine and Carlita's *sopa*.

"How do you put up with it every night?"

se paró y Consuelo la siguió. Teresa empezó a hablar en un español rápido con Carlita, diciéndole que ya estábamos listos para comer y repasando los detalles de la receta. Cuando nos sentamos, Carlita sirvió la sopa y comimos y charlamos.

—¿Cuánto tiempo llevas viviendo aquí? —me preguntó Teresa. —Trece lunas nuevas. Hoy es la número trece. —¿Nada más? —bromeó John—. A mí me parece mucho más. —Es porque tienes que verme todos los días —y enfaticé la palabra todos—. Nos reímos. —Mi primera noche aquí hubo luna nueva. ¡No tenía idea de lo que me depararía la noche siguiente!

Nos reímos de nuevo, entre sorbos de vino y de la sopa de Carlita.

—¿Cómo hacen para tolerarlo todas las noches?

Me miraron, un poco sorprendidos. Después de una pausa, John dijo: —Eso es lo que te hace un extranjero, mi amigo —haciendo que las palabras extranjero y mi amigo se destaquen por ser las únicas que usó en español—. Para nosotros es un hábito, un ritual. Para ti es una molestia.

—Yo no diría eso —repliqué—. No quise ser irrespetuoso. Debe ser la falta de sueño. Su canto me obsesiona, me penetra. Me he convertido en parte de su ritual, pero no por propia elección.

—¿No? —me preguntó—. ¿No fue tu elección empezar a aprender español, venir a México y ver cómo viven tus vecinos?

Lo pensé un momento y pregunté: —¿Soy el único que se queda en vela la noche entera, hipnotizado, mirando las estrellas?

Esta vez fue Teresa quien respondió. —Al principio nos pasó a todos. La escuchamos, lloramos, cantamos con ella, miramos las estrellas. A algunos les duró más que a otros,

118

They looked at me, mildly surprised. After a pause, John said, "That is what makes you an *extranjero, mi amigo*. To us, it is an observance, a ritual. To you it is an annoyance."

"Not exactly," I countered. "I did not mean to be rude. It must be the lack of sleep. Her singing haunts me, pierces me. I have become part of her ritual, but not by choice."

"No?" he questioned. "Wasn't it your choice to start learning Spanish? To come down to Mexico and experience what your neighbors do?"

I thought about it, and asked, "Am I the only one who stays up nights, hypnotized, staring at the stars?"

This time Terésa answered. "In the beginning we all did. We listened, cried, sang with her, watched the stars. For some it lasted longer than others, but eventually we all made our peace with La Madre and returned to our lives."

Consuelo added, "What else could we do?"

I took a little more *sopa* and thought awhile. I looked at John, Terésa and Consuelo. "Every night I stare at the stars and I listen. And I hear something in her song beyond my comprehension. She is crying and singing for the whole world." They said no more for the moment. Carlita came in from the kitchen and cleared our places. Terésa refilled our wine glasses.

They drifted into small talk, while I thought about the time I had lived here, the long sleepless nights, and her beautiful, tortured song. Carlita came in and served the salad; her daughter Elena brought the rice, the tortillas, the beans. Carlita came back in with the *chiles rellenos*, and we began helping ourselves.

John looked at his sister, then Consuelo, and finally me. "La Madre is no ordinary woman," he said. "She and my mother were friends as children - which is saying a lot, because my mother was an *extranjera* back then....I did not know this

119

pero con el tiempo todos hicimos las paces con La Madre y volvimos a nuestras vidas. Consuelo agregó: —¿Qué otra cosa podíamos hacer?

Tomé un poco más de sopa y pensé por un momento. Miré a John, a Teresa y a Consuelo. —Todas las noches me quedo mirando las estrellas y escuchando. Y escucho algo en su canto que va más allá de mi comprensión. Canta y llora por todos y para todos. —No dijeron nada más por el momento. Carlita vino de la cocina y se llevó nuestros platos. Teresa nos llenó las copas de vino.

Mientras ellos charlaban de cualquier cosa, yo pensaba en el tiempo que llevaba viviendo en ese lugar, las interminables noches en vela y su bello canto torturado. Carlita vino a servirnos la ensalada; su hija Elena trajo el arroz, las tortillas, los frijoles. Carlita volvió con los chiles rellenos y empezamos a servirnos.

John miró a su hermana, luego a Consuelo y finalmente a mí. —La Madre no es una mujer común y corriente —dijo—. Fue amiga de mi madre cuando eran chicas, lo que no es poco, porque mi madre era una extranjera en ese entonces. No lo supe hasta que La Madre empezó a cantar. Fue en ese momento cuando mi madre nos contó la historia.

Las dos mujeres asintieron y John continuó. —Pero empecemos por el principio, o por lo menos, desde que nosotros tenemos conocimiento. Se llama María Viola Concepción Castillo de Hernández. Al menos eso es lo que ella dijo cuando llegó a este lugar. Mi madre nos contó que no nació aquí, sino que llegó al pueblo en su errar de huérfana a los cuatro o cinco años de edad.

—No jugaba con los demás chicos —continuó diciendo John—, no por ser maleducada, sino simplemente por falta de interés. —Hizo una pausa—. Pero los animales la seguían

until La Madre began singing, at which time my mother told us of the history."

The two women nodded, and John proceeded. "We should start at the beginning, or at least as far back as we can go. Her name is Maria Viola Concepción Castillo de Hernandez. At least that is what she said when she came here. She was not born here, my mother said, but wandered into town an orphan at four or five years of age.

"She didn't play with the other kids," John continued, "she wasn't rude, just disinterested." He paused. "But the animals followed her wherever she went. The nuns took her in, of course, and she helped, even in early childhood, with laundry, cleaning rooms, serving food in the convent. By age six or seven she would accompany the nuns on their trips to neighboring villages, carrying food or clothing, assisting with whatever the nuns were doing. People called her Concepción, but in time that gave way to *La Hermanita*, the little sister. It was rumored, says my mother, that she could make the plants grow - just by talking to them. And you've seen the convent now. The way those vines just stop and bow at her feet."

John paused to take a tortilla from the stack and fill it with Carlita's treats. He rolled it and ate, slowly. Terésa looked at me with affected eyes, wet from memory. "After it happened," John said, savoring a sip of *vino tinto,* "the whole town was bereaved, bewitched, beholden to La Madre's pitiful and pitiless wailing. We don't know if she ate or slept. It seemed like she was always wailing." After a time he added, "Her tragedy was too great for us to understand. After awhile I finally realized that La Madre's life and her feelings were totally indecipherable, even for us locals, because of her orphan history." He looked into my eyes. "La Madre was a person that people went to when they needed her gifts. She was thought

donde quiera que fuese. Las monjas la acogieron, por supuesto, y ella las ayudaba, aun siendo una niña pequeña, con el lavado de la ropa, limpiando cuartos, sirviendo comida en el convento. Cuando tenía seis o siete años empezó a acompañar a las monjas en sus viajes a poblados vecinos, llevando ropa o comida y ayudando con lo que fuera que las monjas estuvieran haciendo. Al principio la gente la llamaba Concepción, pero con el paso del tiempo empezaron a llamarla La Hermanita. Se decía, según cuenta mi madre, que podía hacer crecer las plantas, simplemente hablándoles. Y ya viste el convento ahora. La forma en que esas enredaderas se detienen y hacen una reverencia a sus pies.

John hizo una pausa para tomar una tortilla de la pila y llenarla de las delicias que nos había dejado Carlita. La armó y se la comió despacio. Teresa me miró con ojos llenos de conmoción, humedecidos por los recuerdos. —Después de lo sucedido —dijo John, saboreando un trago de vino tinto— el pueblo entero quedó desconsolado, hechizado y atrapado en el trágico e implacable lamento de La Madre. No sabemos si comía o dormía. Su lamento parecía no interrumpirse nunca. —Luego de una pausa, agregó—: Su tragedia era demasiado grande para que pudiéramos entenderla. Después de un tiempo me di cuenta de que la vida de La Madre y sus sentimientos eran completamente indescifrables, incluso para nosotros los nativos del lugar, debido a su historia de huérfana. —Me miró a los ojos—. La Madre era una persona a la que los demás acudían cuando necesitaban sus dones. Se la consideraba precursora de buena fortuna, especialmente para las cosechas. Si bien las flores que dejó en su velatorio eran espectaculares —las rosas, los hibiscos, las campanillas y todas las variedades de lirios— la pobreza que reinaba en los poblados hacía que la comida fuese lo más importante. En una de sus visitas acompañando

122

of as a harbinger of good fortune, especially for crops. Though the flowers she left in her wake were spectacular -- the roses, hibiscus, morning glories, all varieties of lilies -- the villages were poor, and food mattered above all else. When she came with the nuns, *La Hermanita* would walk around the perimeter of the field, singing in a child-like, ethereal voice. The next morning, when the farmers awoke, their corn stalks would be higher, healthier, and more robust. Word spread, and the nuns were soon traveling all over the countryside, *La Hermanita* in tow. But was she ever a member of the community, a person we could call a friend? Never."

The food was exquisite - hand-rolled tortillas, beans, rice, *chiles rellenos* in a light batter. I gave the food as much attention as I could but not as much as it deserved. Thoughts of La Madre as a girl swirled in my head - surreal visions of a little girl with a tortured, prophetic voice. I envisioned her in a shawl; she was chanting in some distant tongue and sunflowers sprang from the ground, wrapping her in their undulating stalks. I broke from the vision, both fascinated and disturbed.

"My mother says she has always seemed old," Terésa said, as if reading my thoughts. "A young girl with an ancient aura."

"So what happened to make her so sad? Or haunted?"

"It seems *La Hermanita* had quite a following, even as a little girl," John said. "It would have been blasphemy to crown her a saint at the age of seven, but she had performed her share of miracles, and people revered her."

"Not without a touch, or a handful, of fear," Terésa said.

"She was sought after, sometimes fanatically, by people who wanted to be the recipients of her miracles." Consuelo said. "The people requested her audience, but the nuns protected her fiercely."

a las monjas, La Hermanita caminó alrededor del perímetro de un campo, cantando con una vocecita infantil y etérea. A la mañana siguiente, cuando los campesinos se levantaron, las plantas de maíz estaban más altas, más sanas y más robustas. Se corrió la voz y muy pronto las monjas empezaron a viajar por toda la campiña, acompañadas de La Hermanita. ¿Pero llegó alguna vez a ser parte de la comunidad, alguien a quien consideraríamos una amiga? Nunca.

La comida estaba exquisita —tortillas caseras, frijoles, arroz, chiles rellenos apenas rebozados—. Le presté tanta atención como pude a la comida, pero no la que se hubiese merecido. Imágenes de La Madre de chica me daban vueltas por la cabeza, visiones surrealistas de una niñita de voz profética y torturada. La imaginé arropada en un mantón; ella cantaba en una lengua remota y crecían girasoles del suelo, envolviéndola en sus tallos ondulantes. Salí de mi visión, fascinado y turbado a la vez.

—Mi madre dice que siempre pareció ser más grande —dijo Teresa, como si estuviese leyendo mi mente—. Una niña pequeña con un aura antigua, como de anciana.

—¿Qué le pasó para que se ponga tan triste? ¿O angustiada?

—Parece que La Hermanita tenía muchos seguidores, incluso de pequeña —dijo John—. Hubiese sido una blasfemia reconocerla como una santa a los siete años de edad, pero ya había hecho suficientes milagros y la gente la veneraba.

—Pero no sin una pizca, o un puñado, de temor —acotó Teresa.

—La buscaban, a veces con fanatismo, las personas que querían recibir la gracia de sus milagros —dijo Consuelo—. La gente pedía audiencia con ella, pero las monjas la protegían con ferocidad.

"So things went on like this through her early childhood," John said. "Her flower gardens were famous for miles, and the area never went hungry. Even in drought years, *La Hermanita* would talk to the plants, and the plants would squeeze out enough food to keep the people from starving.

"She stayed with the convent and started growing up. Her powers grew stronger, though more subtle." He sipped his wine. "Remember that this was before mechanization had reached the village, and people had been living the same way for hundreds of years. It is not very far removed in time, but infinitely distant in lifestyle. Everyone farmed then, now we drive to work! We have the Internet!" The three of them laughed - John, Terésa and Consuelo.

"When she got a little older, she would walk for hours to a sick person's house without fatigue. She would do her healing work, and often walk back the same day. It was only much later that the nuns bought her a car, though this only increased the workload. Now *La Hermanita* could reach people in places she had never been. She could see two or three patients in a single day. She could stay in convents in other villages.

"And on it went, day after day, year after year. She dedicated her life to healing the sick and talking to the plants. Her reputation was immaculate. Her advice was sought on all matters humanitarian. She prayed twice daily, devoutly, and was considered a living oracle."

"Sounds to me like a living saint!" I exclaimed.

"Sainthood is a different matter, particularly with religious people," Consuelo said soberly. "It is far easier to revere saints long dead than a living person performing little miracles on a daily basis."

"She is right," Terésa said. "The people were afraid of *La Hermanita*, in a way. They always accepted her help, particularly

125

—Y así siguieron las cosas durante los primeros años de su niñez —continuó John—. Sus jardines de flores eran famosos en kilómetros a la redonda y en la zona nunca se pasó hambre. Incluso en los años de sequía, La Hermanita le hablaba a las plantas y las plantas se exprimían al punto de producir suficiente comida para que la gente no padeciera hambre.

—Se quedó en el convento y empezó a crecer. Sus poderes se hicieron más fuertes, si bien más sutiles. —Tomó un sorbo de su vino—. No olvidemos que esto sucedió antes de que la mecanización llegara al pueblo y que la gente llevaba cientos de años viviendo de la misma manera. Si bien no es demasiado remoto en el tiempo, es infinitamente lejano en cuanto a estilos de vida. Todos cultivaban la tierra en ese entonces, y ahora todos vamos en automóvil al trabajo. ¡Y tenemos Internet! —Los tres, John, Teresa y Consuelo, se rieron.

—Cuando se hizo un poco más grande, iba caminando a la casa de los enfermos, a horas de distancia, sin cansarse. Hacía su trabajo de sanación y a menudo volvía caminando el mismo día. Mucho después, las monjas le compraron un vehículo, lo que sólo aumentó la cantidad de trabajo que tenía. Ahora La Hermanita podía ir a ver gente en lugares donde nunca antes había estado. Podía ver a dos o tres pacientes en un mismo día. Podía quedarse en los conventos de otros poblados.

—Y así continuó su vida, día tras día, año tras año. Su vida estaba dedicada a sanar a los enfermos y hablar con las plantas. Su reputación era inmaculada. Pedían su consejo para todos los temas humanitarios. Rezaba dos veces por día, con devoción, y se la consideraba un oráculo viviente. —¡Yo diría una santa viviente! —exclamé.

—La santidad es otro tema, especialmente para las personas religiosas —dijo Consuelo con seriedad—. Es mucho más fácil venerar a santos que han fallecido hace mucho tiempo que a una persona viva que hace pequeños milagros todos los días.

with the quickening of the crops, and they were always overly gracious and deferential to the little girl. But all that began changing as she reached womanhood, and, according to my mother, the people never truly accepted the orphan girl who walked into the village as a young child. They simply called on her when they needed her power. There was no love for *La Hermanita*, but a queer admixture of fear and awe. It was no surprise to the elders when the people turned on her."

"Turned on her?"

John answered gravely. "For a long time, year after year, everything went along smoothly. *La Hermanita* aged gracefully, and became known as Sister Maria. The people called on her as necessary. Her presence, though not understood, became a vital part of life in the community. The village, though not rich, rarely saw drought, and never famine."

Carlita came in to check on us, but there was much more food to eat. She refilled the empty glasses.

"Then," John said emphatically, pausing to sip his wine, "One day Sister Maria made an announcement to the nuns. She had had a vision. She announced that she needed to pack a bag and start walking. The nuns were stunned and confused. According to my mother, the other nuns had begun to lean on Sister Maria, neglecting their religious duties. They tried to talk her out of it, but she could not be swayed. At this time she was about forty-five years old, according to my mother."

"So she left," said Terésa. "It was late spring, after most of the crops had been planted. She woke up, said her morning prayers, and just started walking. For awhile, people talked. People speculated. There were a few, to be sure, who believed in the veracity of her vision, and prayed for her while she was away," Terésa paused. "But then summer came, and with it, no rain. The people began to curse the pilgrimage, and the nun who was making it. Without Sister Maria to quicken the crops,

—Tiene razón —afirmó Teresa—. Hasta cierto punto, la gente le tenía miedo a La Hermanita. Siempre aceptaban su ayuda, especialmente cuando se trataba de avivar los cultivos, y siempre fueron sumamente amables y respetuosos de la niña. Pero todo eso comenzó a cambiar cuando se convirtió en una mujer y, según mi madre, la gente nunca logró realmente aceptar a esa huerfanita que llegó al pueblo caminando cuando era tan sólo una niña pequeña. Simplemente la llamaban cuando necesitaban sus poderes. No era amor lo que sentían por La Hermanita, más bien una extraña mezcla de temor y reverencia. No sorprendió a los mayores ver después a la gente volverse en su contra.

—¿Se volvieron en su contra?

John respondió con suma seriedad: —Durante mucho tiempo, año tras año, la vida transcurrió sin contratiempos. La Hermanita creció con elegancia y pasó a ser conocida como la Hermana María. La gente la buscaba cuando la necesitaban. Su presencia, a pesar de no ser comprendida, pasó a ser una parte vital e integral de la vida en la comunidad. El pueblo, aunque no vivía en la abundancia, rara vez sufrió de sequía y nunca padeció hambruna.

Carlita vino a ver si necesitábamos algo, pero había muchísima comida todavía. Llenó las copas vacías.

—Entonces —dijo John con énfasis, haciendo una pausa para tomar un sorbo de vino—, un día la Hermana María les dijo a las monjas que tenía un anuncio que hacerles. Había tenido una visión. Dijo que tenía que empacar un bolso y empezar a caminar. Las monjas quedaron pasmadas y confundidas. Según mi madre, las otras monjas habían empezado a apoyarse en la Hermana María, desatendiendo sus obligaciones religiosas. Trataron de convencerla de que no lo haga, pero no lograron persuadirla. Para ese entonces tendría

the people were left to the mercy of the elements, and that year the elements were unkind. Crops failed, people went hungry. And believers and unbelievers alike blamed the drought and ensuing famine on Sister Maria."

John interjected. "She came home, three months later, to parched fields and general resentment from the people. They shouted insults at her, all but a few, and she took shelter in the nunnery for almost a month. Finally she emerged. The people had calmed down a bit, and asked for her help. She said she did not have the strength to quicken the crops, but she would pray for rain. It took two weeks, but the rains came, and the impact of the famine was greatly reduced."

Terésa joined in, "But Sister Maria had changed. She did much less work directly with the people. She prayed more, and tended the garden, which, of course, flourished. In time her belly grew, and she announced that she was pregnant."

My jaw dropped.

"That was the reaction of the people, as well." Terésa said. "They were shocked. Outraged. Distraught. To them, a pregnancy could mean one of two things."

"One," said John, "Sister Maria had found a man on her travels. If so, she had broken her celibacy vows, and in the eyes of the people was no better than a harlot. The second explanation was immaculate conception, which was even harder to swallow."

"But as far as we know," said Consuelo, "no one asked, nor did they ever find out. The people kept their distance, only calling on her for medical emergencies, usually dealing with children. Her healings were quick, and invariably successful - but the people still treated her like a leper. She never seemed to notice, nor mind."

unos cuarenta y cinco años, según mi madre.

—Así que se fue —dijo Teresa—. Era entrada la primavera, después de que la mayoría de los cultivos ya habían sido sembrados. Ese día se levantó, dijo sus oraciones matutinas y simplemente empezó a caminar. Durante un tiempo, la gente habló. Especularon. Sólo unos pocos, para estar seguros, creyeron en la veracidad de su visión y rezaron por ella mientras estuvo lejos —Teresa hizo una pausa—. Pero después llegó el verano, trayendo consigo la falta de lluvias. La gente empezó a maldecir la peregrinación y a la monja que la hacía. Sin la Hermana María para avivar los cultivos, la gente quedó a merced de los elementos. Y ese año la Naturaleza no fue benigna. Las cosechas fueron malas, la gente pasó hambre. —Y tanto los creyentes como los descreídos culparon a la Hermana María por la sequía y la consiguiente falta de alimentos —intercaló John—. A los tres meses volvió y se encontró con los campos resecos y el resentimiento general de la gente. Le gritaron insultos, todos salvo unos pocos, y ella se refugió en el convento casi por un mes entero. Finalmente salió. La gente se había calmado un poco y pedían su ayuda. Dijo que no tenía suficiente fuerza como para avivar los cultivos, pero que rezaría para que lloviera. Les llevó dos semanas, pero las lluvias vinieron, y se redujo considerablemente el impacto de la hambruna.

Teresa agregó: —Pero la Hermana María había cambiado. Ya no hacía tantos trabajos directamente con la gente. Rezaba más y cuidaba el jardín que, obviamente, floreció. Con el tiempo creció su vientre y anunció que estaba embarazada.

Me quedé boquiabierto.

—Esa fue también la reacción de la gente —dijo Teresa—. Quedaron estupefactos. Escandalizados. Desconsolados. Para ellos, un embarazo sólo podía tener una de dos explicaciones.

Carlita cleared the table, and quickly returned with coffee and *pan dulce* - sweet breads, pastries and little cakes for dessert. I looked at all this food and then at my hosts with an expression of bewilderment and thanks. John laughed. "No worries, *amigo*. Carlita and Elena will have lunch from this tomorrow."

When I had chosen a pastry and sipped a little coffee, John continued. "In late fall she went into total seclusion, and in February she gave birth," he said.

"She had twins," said Terésa, "A boy and a girl. The girl she named Mercedes, the boy Gabriél. Though the nuns initially opposed it, they let the children live in the nunnery, in deference to Maria Viola Concepción Castillo de Hernandez's lifetime of service and little miracles. They gave the new family two rooms on the third floor, and began calling her La Madre."

"What did the people think? What did they do?" I asked.

"What could they do?" John asked rhetorically. "Nothing. Now that La Madre was nursing, they were left to solve their own problems."

"What were the children like?" I asked.

"Beautiful," Consuelo said. "Healthy, with skin a little darker than their mother. We were very little, but I remember them even so."

"Yes," Terésa said. "We were very young. Mother says they loved each other very much, but, like their mother as a child, they did not relate very well with other children. Besides, it was more difficult for them. Mercedes was partially deaf, and Gabriél was mute."

"Really? Did they go to school? Did they perform miracles like their mother?"

"Well," John said, "Let's just say they had some peculiar characteristics. It was difficult for the children, obviously,

—La primera —dijo John—, la Hermana María había encontrado algún hombre en sus viajes. De ser así, había roto sus votos de castidad y a los ojos de la gente no era mejor que una ramera. La segunda explicación era la concepción inmaculada, que era aún más difícil de digerir. —Pero hasta donde sabemos —continuó Consuelo— nadie preguntó ni se enteró nunca de los detalles. La gente mantuvo la distancia, llamándola sólo en caso de emergencia médica, por lo general cuando se trataba de niños. Sus sanaciones eran rápidas e invariablemente exitosas, pero la gente siguió tratándola como a una leprosa. Ella nunca pareció notarlo. Tampoco pareció importarle.

Carlita levantó la mesa y de inmediato regresó con café y pan dulce mexicano, masas y pequeños pasteles de postre. Miré tanta comida y luego a mis anfitriones con cara de perplejidad y agradecimiento a la vez. John se rio. —No te preocupes, amigo. Carlita y Elena van a almorzar con estas sobras mañana.

Elegí una masa y tomé un sorbo de café, después de lo cual John continuó. —Hacia fines del otoño se recluyó totalmente y en febrero dio a luz —dijo.

—Tuvo mellizos —agregó Teresa—. Varón y nena. A la nena le puso Mercedes, al varón, Gabriel. Si bien las monjas se opusieron al principio, dejaron que los niños vivan en el convento, por deferencia a la vida de servicio y pequeños milagros de María Viola Concepción Castillo de Hernández. Le dieron a la nueva familia dos cuartos en el tercer piso y empezaron a llamarla La Madre.

—¿Qué pensó la gente? ¿Qué hicieron? —pregunté.

—¿Qué podían hacer? —preguntó John de manera retórica—. Nada. Ahora que La Madre tenía sus propios hijos que cuidar, ellos tenían que encargarse de resolver sus propios problemas.

—¿Cómo eran los niños? —pregunté.

because of their handicaps. But that was nothing compared to the ostracism and fanaticism engendered by the community. The people took the handicaps of the children as certain proof against immaculate conception. What god would create imperfect beings? They treated La Madre like the whore they thought she was, and teased the children endlessly. The woman who talked to the plants was ridiculed by the very same people for whom she had performed many miracles."

"According to our mother," said Terésa, "La Madre handled the scorn very well, and still did the occasional healing work that made her famous. But her work was usually in distant villages, by car, where people did not know her story, or her children.

"Time passed, and Mercedes and Gabriél studied in the convent, learning from La Madre and the other nuns. The children excelled in school, but had few friends, save for the occasional playmate on the street. But the twins grew up happy and not at all lonely, always having one another.

"When the twins were older, six or seven years old - La Madre sent them to the local school. Even with their particular difficulties, they did well academically." Terésa sipped her coffee.

"Then," John said, "one day the inevitable happened." He looked at his sister and Consuelo.

"We were only a few years older than the twins," Consuelo said, "and we attended the same school -- in the town there was only one." She paused a moment and said, "We were there."

John continued. "The kids were playing soccer in the schoolyard, like they always did. One of the kids fell and cut his elbow. He was bleeding and crying. Gabriél, who was playing too, walked over to his classmate and placed his hand on the cut. It vanished. Not even a trace of a scratch remained. The

133

—Hermosos —dijo Consuelo—. Gozaban de buena salud y tenían la piel un poco más oscura que su madre. Éramos muy chiquitos, pero aun así los recuerdo.

—Sí —dijo Teresa—. ¡Éramos tan chicos! Nuestra madre dice que se querían mucho entre ellos, pero, al igual que su propia madre cuando ella era chica, no se relacionaban bien con otros niños. Además, era más difícil para ellos. Mercedes tenía sordera parcial y Gabriel era mudo.

—¿En serio? ¿Iban a la escuela? ¿Hacían milagros al igual que su madre?

—Bueno —dijo John—, podemos decir que tenían ciertas características únicas. Era difícil para los niños, obviamente, debido a sus discapacidades. Pero eso no era nada comparado con el ostracismo y fanatismo engendrado en la comunidad. La gente consideró las discapacidades como prueba fehaciente de que no hubo inmaculada concepción. ¿Qué dios crearía seres imperfectos? Trataron a La Madre como la prostituta que creían que era y los niños fueron objeto de burlas constantes. La mujer que hablaba con las plantas fue puesta en ridículo por las mismas personas para quienes había hecho innumerables milagros.

—Según nuestra madre —dijo Teresa—, La Madre se las arreglaba muy bien ante tanto desdén y continuó haciendo esporádicamente los trabajos de sanación que la hicieron famosa. Pero su trabajo era generalmente en pueblos remotos, a los que iba en automóvil y donde la gente no conocía su historia ni a sus niños.

—El tiempo fue pasando y Mercedes y Gabriel estudiaban en el convento, aprendiendo de La Madre y de las demás monjas. Los chicos eran excelentes estudiantes, pero tenían pocos amigos, salvo por alguno que otro compañero de juegos en la calle. Pero los mellizos crecieron felices y para nada solitarios, siempre teniéndose el uno al otro.

other children, bewildered, ran away, and from then on, kept their distance from Gabriél."

"So he had the gift," I said. "Did his sister, Mercedes?"

"Mercedes was more like her mother. After the incident on the soccer field, the principal requested that La Madre pull the children out of school. She did."

Consuelo continued. "She started bringing Mercedes to healings in distant towns, calling Mercedes her apprentice, never her daughter."

"Mercedes's healing ability was incredible, my mother told us," said Terésa. "In fact, one time my mother was ill, and she was sure it was cancer. She went to La Madre, who sent her to Mercedes, now eight or nine years old. My mother said that after one session with Mercedes she felt better than she had since childhood."

"So the three of them lived this peculiar charmed life until the following spring," John said. "It was late afternoon, a typical spring day. Gabriél was outside the convent, playing soccer with a friend on the street. One of La Madre's flowerpots, hanging from the third floor balcony, somehow dislodged and fell - right on Gabriél's head. La Madre heard the friend scream and came down with Mercedes. Gabriél was a bloody mess, and all the healing power in La Madre and Mercedes combined could not bring him back - he died right there in the street. That night, La Madre stayed up all night and cried on the roof."

"Yes," nodded Consuelo, "La Madre cried. And the town cried with her."

"Gabriél was buried," John said, "and nightly La Madre wept. But Mercedes, the twin, was the true cause of La Madre's grief. Unbeknownst to the rest of us, Mercedes had stopped eating. But La Madre saw that Mercedes was sick, weak, and had lost the will to live. Even before Mercedes starved herself

—Cuando los mellizos se hicieron más grandes, a los seis o siete años, La Madre los mandó a la escuela local. Incluso con sus dificultades tan particulares, les iba muy bien desde el punto de vista académico. —Teresa tomó un sorbo de café—. Y luego —dijo John—, un día sucedió lo inevitable. —Miró a su hermana y a Consuelo.

—Teníamos solamente un par de años más que los mellizos —dijo Consuelo— e íbamos a la misma escuela. Había una sola en el pueblo. —Hizo una pequeña pausa y agregó—: Nosotros vimos lo que pasó.

John continuó: —Los chicos estaban jugando al fútbol en el patio de la escuela, como siempre. Uno de los niños se cayó y se cortó el codo. Sangraba y lloraba. Gabriel, que también estaba jugando, se dirigió a su compañero y le puso la mano sobre la herida. Y desapareció. No quedó ni un rastro de la lastimadura. Los otros chicos, perplejos, salieron corriendo, y a partir de ese momento no se acercaron más a Gabriel.

—Entonces él tenía el don —dije—. ¿Y su hermana, Mercedes?

—Mercedes era más parecida a su madre. Después del incidente en la cancha de fútbol, el director le pidió a La Madre que sacara a los niños de la escuela. Y ella así lo hizo —continuó Consuelo—. Empezó a llevar a Mercedes a las sanaciones en pueblos lejanos, diciendo que Mercedes era su aprendiz, nunca revelando que era su hija.

—Nuestra madre nos contó que la habilidad para curar que tenía Mercedes era increíble —dijo Teresa—. Sin ir más lejos, una vez mi madre se enfermó y estaba segura de que era cáncer. Fue a ver a La Madre y ella la mandó con Mercedes, que para ese entonces tendría unos ocho o nueve años. Mi madre dijo que después de una sesión con Mercedes se sintió mejor de lo que se sentía desde su niñez.

—Y los tres llevaron esta extraña vida encantada hasta

to death, La Madre knew what was happening. It was terrible, her crying, and it kept the town awake at night. Not more than six weeks after Gabriél's death, La Madre buried Mercedes beside him, in the graveyard behind the nunnery. From the night of Mercedes' death, La Madre began her nightly ritual - her holy, haunted song. Those of us who believed in her essential goodness mourned with her, while those who did not simply said that she got what was coming to her. Either way, her song has persisted to this day, pausing only on the nights of the new moon."

I did not speak for a long time. "It is strange," I said. "On nights of the new moon, like tonight, when La Madre is silent, I hear her song more actively - and closer to my heart - than on any other night."

John smiled and looked at his sister, Consuelo, and finally at me. He stood up, and we followed. They walked me to the door. "Sleep well, *mi amigo*," he said. "May the new moon bring you blessings."

I walked home in silence under a sky blazing with stars. I took my shoes off and stretched out on the bed, knowing there would be no sleep under the spell of La Madre's silence.

la primavera siguiente —dijo John—. Una tardecita de un día típico de primavera, Gabriel estaba afuera del convento, jugando al fútbol con un amigo en la calle, cuando una de las macetas de La Madre, que colgaba del balcón del tercer piso, se salió de lugar, no se sabe cómo, y le cayó directamente en la cabeza a Gabriel. La Madre escuchó el grito del amiguito y bajó con Mercedes. Gabriel estaba cubierto en sangre y ni todo el poder sanador de La Madre y de Mercedes combinados pudieron salvarlo. Se les murió ahí mismo en la calle. Esa noche, La Madre se quedó despierta toda la noche y lloró en el techo.

—Sí —asintió Consuelo—, La Madre lloró. Y el pueblo lloró con ella.

—Enterraron a Gabriel —dijo John— y cada noche La Madre lloraba. Pero era Mercedes, la hermana melliza, la verdadera causa del dolor de La Madre. Nosotros no teníamos idea, pero Mercedes había dejado de comer y la Madre sabía que Mercedes estaba enferma, débil y que había perdido la voluntad de vivir. Aun antes de que Mercedes se dejara morir de hambre, La Madre sabía lo que estaba pasando. Era terrible, su llanto, y tenía a todo el pueblo en vela de noche. Apenas seis semanas después de la muerte de Gabriel, La Madre enterró a Mercedes a su lado, en el campo santo detrás del convento. A partir de la noche del fallecimiento de Mercedes, La Madre comenzó su ritual nocturno —su canto sagrado y angustiado—. Quienes creíamos en su bondad intrínseca la acompañamos en su duelo y los que no, se limitaron a decir que lo tenía merecido. Sea como sea, su canto persiste hasta el día de hoy, con la única pausa de las noches de luna nueva.

Me quedé sin hablar por un largo rato. —Es extraño —dije—. Las noches de luna nueva, como hoy, cuando La Madre se queda callada, escucho su canto más vivamente y me cala

138

más hondo en el corazón que cualquiera de las otras noches.

John sonrió y miró a su hermana, luego a Consuelo y finalmente a mí. Se paró y lo seguimos. Me acompañaron a la puerta. —Que duermas bien, mi amigo —me dijo—. Que la bendición de la luna nueva te acompañe.

Caminé a casa en silencio, bajo un cielo encendido de estrellas. Me saqué los zapatos y me estiré en la cama, sabiendo que no podría pegar un ojo al conjuro del silencio de La Madre.

The Hair Collector

La recolectora de cabellos

La recolectora de cabellos

Era una chica de pueblo, nacida en la primera generación que dio el paso inicial hacia el mundo moderno. Su madre sólo hablaba español cuando era necesario, por lo que Ixchel entendía la lengua aborigen y usaba el español en la escuela y con sus amigos. Fue pasando el tiempo y al ritmo lento y voluptuoso del altiplano, se convirtió en mujer. A diferencia de muchas de sus amigas de la misma edad, había llegado a los dieciocho años sin tener hijos y sin novio. Pero luego conoció a Federico quien, en el lapso de un año, le había hecho perder la virginidad y le había destrozado el corazón. Y así llegó a los veinte y su trabajo y su familia le ayudaban a llenar ese vacío inmenso, su miedo de acercarse a alguien.

Era la tercera de ocho hijos y la primera mujer, por lo que pasó a ser la segunda madre de la familia. Los hombres no servían para nada en la casa, volviendo del trabajo o de sus salidas y esperando un plato de comida caliente y que la casa esté limpia. Ixchel ayudó a hacer la carga más liviana para su madre enferma. Su hermano mayor ya estaba casado y tenía dos hijos y el que le seguía estaba comprometido, con su novia a punto de tener un bebé. Era pasmosa la cantidad de comida, ropa para lavar y tareas del hogar que había que hacer, pero Ixchel trabajaba todo el día antes de volver al hogar y trabajar el turno de tarde allí.

The Hair Collector

She was a village girl, born in the first generation of crossover into the modern world. Her mother only spoke Spanish when necessary, so Ixchel understood the native tongue while using Spanish in school and with her friends. One season bled into another, and in the slow, voluptuous rhythm of the highlands she grew into a woman. Unlike many of her young friends, she had made it to eighteen childless and without a boyfriend. But then she met Federico and within a year he had taken her virginity and broken her heart. Then she was twenty, and her job and her family helped cover the yawning void, her fear of getting close.

As the third of eight children and the oldest girl, she became the second mother of the household. The men were good for nothing in the household, coming home from work or play and expecting a hot meal and a clean home. So Ixchel helped take the load off of her ailing mother. Her oldest brother was already married with two children, and the second brother was engaged, his *novia* due to give birth any minute. The volume of food, laundry, and housework was staggering, but Ixchel worked a full day before coming home and working the evening shift in her house.

While she cooked or cleaned or fed the chickens, she and her mother talked. Her mother would speak the native

Mientras cocinaba o limpiaba o le daba de comer a las gallinas, hablaba con su madre. Su madre hablaba en el idioma aborigen e Ixchel le respondía en español, si es que le respondía, y de esa manera aprendió las leyendas de las abuelas y las historias de su pueblo. Siempre habían vivido en el ombligo del mundo, y no había ninguna razón para dejar este lugar sagrado. Venían personas de todo el mundo y a muchos el encanto del lago y el clima perfecto les resultaban demasiado hermosos como para abandonarlos.

Pero los extranjeros vivían en la superficie de las cosas, decía su madre, no llegando a entender realmente lo sagrado del lugar y las expectativas de los dioses que velaban por él. Había una leyenda que decía que si una persona tomaba el agua del lago, se vería por siempre atada al lugar. Ixchel había visto a los extranjeros que se quedaban, año tras año, y sabía que la leyenda tenía algo de cierta.

Su familia no era pobre para los estándares de la zona, pero tomaban sopa la mayoría de las noches y cada mañana Ixchel se levantaba temprano con su madre para servir los huevos, frijoles y tortillas con una cafetera comunal para que su padre y sus hermanos pudieran ir a trabajar a la mañana con el estómago lleno.

Cuando su hermana menor quedó embarazada al año siguiente, Ixchel inconscientemente entró en una depresión profunda. Todavía se levantaba temprano, preparaba el desayuno con su madre, iba a trabajar, saliendo hacia la oficina a las nueve, volvía para el almuerzo, regresaba al trabajo hasta las seis, y después volvía a su casa a preparar la cena, pero algo se había congelado en su interior. Cuando el padre del bebé de su hermana la abandonó por otra, ni siquiera pudo reaccionar, sólo se aferró más a su rutina y se quedó observando cómo le pasaban los años. No había candidatos para casarse porque no estaba interesada. Su corazón nunca se había recuperado del

tongue and Ixchel would answer in Spanish, if she answered at all, and in this way she heard about the legends of the *abuelas*, the stories of her people. They had always lived at the umbilicus of the earth, and there was no reason to ever leave this holy place. People from all over the world came here – and for many, the enchantment of the lake and the perfect climate proved too beautiful to leave behind.

But the *extranjeros* lived on the surface of things, her mother said, never really understanding the sacredness of the place and the expectations of the gods that watched over it. One legend said that anyone who swallowed the water from the lake was forever bound to the place. Ixchel had seen the foreigners who had stayed year after year, and she knew that the legend had some truth to it.

By local standards her family wasn't poor, but they ate soup more nights than not, and every morning Ixchel would wake up early with her mother to serve the eggs, beans, and tortillas with a communal pot of coffee so that her father and her brothers could go to work in the morning with their bellies full.

When her younger sister became pregnant the following year, Ixchel went into a deep, unconscious depression. She still arose early, cooked breakfast with her mother, went to work, left for her office at nine, came home for lunch, went back until six, then came home and cooked dinner, but something froze inside of her. When the father of her sister's baby ran off with another woman, she couldn't even react; she simply clung to her routine and watched herself getting older. There were no prospects for marriage, because she wasn't interested. Her heart had never fully healed, and she simply performed her duties without letting anyone or anything get close to her core.

todo y se dedicó simplemente a cumplir sus responsabilidades sin dejar que nadie ni nada le tocara el corazón.

Todo eso cambió casi por accidente cuando Robert vino un día a su oficina en la municipalidad hablando un español titubeante con acento de gringo. Era un ingeniero que estaba en el pueblo preparando los planos para el nuevo edificio donde estaría la planta de tratamiento de agua que un huracán había destruido hacía un par de años. Desde la tormenta, las aguas sin tratar fluían incesantemente al lago, y se trataba de un esfuerzo colaborativo entre los Estados Unidos, Corea y su propio país para prevenir los problemas ambientales antes de que las cosas se salieran de control.

Ella había soñado con un extranjero mientras pasaba por lo peor con Federico, así que cuando se enteró de que Robert iba a quedarse por lo menos por un año, dejó que la visitara en la oficina cuando él tenía tiempo libre, le corrigió su español y a las pocas semanas estaban saliendo varias noches por semana después del trabajo. Caminaban por el pueblo intercambiando español por inglés, comiendo algún bocadillo en la calle, simplemente pasando el tiempo. Inevitablemente, ella se terminaba yendo, dejándolo ahí parado, mientras sentía psíquicamente la ira de su padre por la cena que no estaba lista cuando llegaba a la casa. El hecho de que su madre estuviera cocinando para doce personas o más no importaba, cuando llegaba Papá, la comida tenía que estar caliente y lista.

Robert se tomó la devoción de Ixchel por su familia, con la consiguiente disminución de su tiempo juntos, con dignidad. Sabía que estaba en una tierra extraña y que debía adaptar su comportamiento como correspondía. Pero había algo en los modales reservados de ella y sus ojos café profundos que lo hacían querer saber más y no tenía ningún apuro. Si hubiese estado apurado, el interminable cortejo nunca hubiese sucedido.

All that changed quite accidentally when Robert came into her office in the municipality one day speaking halting Spanish with a gringo accent. He was an engineer and he was in town drawing up plans for the new building that was to house the water treatment plant that had been destroyed in the hurricane a few years ago. Since the storm, the untreated water had been flowing unceasingly into the lake, and this was a collaborative effort between the United States, Korea, and her own country to stave off the environmental problems before things got out of control.

She had dreamed about a foreigner when she was in the midst of her heartbreak over Federico, so when she found out Robert would be staying for at least a year, she let him visit her at the office when he had free time, corrected his Spanish, and within a few weeks they were seeing each other a few evenings a week after work. They would walk around the village exchanging some Spanish for English, eating a snack on the street, just passing the time. She would inevitably have to leave him standing there, psychically feeling her father's anger at the dinner that wasn't quite ready when he got home. The fact that her mother was cooking for twelve people or more didn't matter – when Papa arrived, the food should be hot and ready.

Robert took her devotion to her family and its concurrent diminution of his time with Ixchel gracefully. He knew he was in a strange land and he had to adapt his behavior accordingly. But there was something about her reserved manner and her deep chocolate eyes that made him want to know more, and he wasn't in a hurry. If he had been, the drawn out courtship could never have taken place.

But after a year of slow walking and even slower talking, they were almost a couple. Even Ixchel's father had seen the

Pero después de un año de lentas caminatas y aún más lentas conversaciones, eran casi una pareja. Incluso el padre de Ixchel había notado el cambio gradual en su hija y le había permitido derivar algunas de sus responsabilidades a sus otras hermanas.

El primer viaje que hicieron juntos fue a ver unas ruinas a unas horas de distancia. Robert le pidió permiso formalmente a su padre, asegurándole que traería a Ixchel de regreso antes del anochecer. Su padre accedió y él condujo hasta el lugar, admirando el contraste entre las ropas tradicionales de ella y su vehículo cuatro por cuatro. Al mirarla, era como si estuviese mirando hacia atrás en el tiempo.

Pasearon por las ruinas durante una o dos horas antes de encontrar un lugar apartado entre los árboles. Él se recostó en el césped y ella colocó su cabeza sobre la pierna de él, mirando al cielo despejado. Entró en un estado entre dormida y despierta y escuchó una voz que la llamaba como desde muy lejos. —Ixchel —dijo la voz—, ¿estás dispuesta a pagar el precio?

No sabía a ciencia cierta cuál era el precio. ¿Era Robert y pasar la vida con una persona de una cultura diferente? ¿Era decirle que no a Robert y vivir el resto de su vida como la segunda madre en una casa con demasiados niños y escasa privacidad? Intentó preguntarle a Dios, o quien quiera que haya sido la voz, pero no obtuvo ninguna respuesta, más allá de unas pocas nubes que se formaron en el cielo para luego desaparecer de inmediato.

Robert era lo suficientemente sensible como para sentir el cambio en ella y le puso la mano en el hombro y le preguntó, en español, si estaba todo bien. Ella asintió, pero en lo más profundo de su ser, no estaba tan segura. Esa noche cuando volvió a su casa soñó que ella y Robert vivían en un lugar desconocido, en alguna parte lejos del lago, lejos de su

gradual change in his daughter, and had let her pass on some of her responsibilities to her other siblings.

Their first trip together was to see some ruins several hours away. Robert asked her father formally, and assured him that he would have Ixchel back before nightfall. Her father consented, and he drove her to the site, admiring the contrast between her traditional clothing and his four-wheel-drive vehicle. When he looked at her, it was if he were looking backwards through time.

They strolled around the ruins for an hour or two before finding a secluded place in the trees. He lay down on the grass and she laid her head on his leg, looking up at the cloudless sky. She drifted off into a state between sleeping and waking, and heard a voice calling to her as if from a great distance. "Ixchel," the voice said, "are you ready to pay the price?"

She wasn't sure what that price was. Was it Robert and a life spent with someone from a different culture? Was it refusing Robert, and living the rest of her life as the second mother in a house with too many children and too little privacy? She tried to ask God, or whatever the voice was, to clarify, but she got no response, only a few clouds forming and then instantly disappearing in the sky.

Robert was sensitive enough to feel the change in her, and he put his hand on her shoulder and asked her, in Spanish, if everything was okay. She nodded her head, but deep inside she wasn't so sure. That night she went home and dreamed of her and Robert living in a strange place, somewhere far from the lake, far from her ancestral home. In the dream, she had awakened to make breakfast for her father, but her father wasn't there, and when she looked down at her pillow, there was hair everywhere. Her hair was long and black and straight and

hogar ancestral. En el sueño, se había levantado para preparar el desayuno a su padre, pero su padre no estaba ahí y cuando miró la almohada, vio que había pelos por todas partes. Su cabello largo era hermoso, negro y lacio, pero en el sueño le faltaba el pelo en partes y había cabellos por toda la cama. Cuando le contó el sueño a su madre, a la madre le brotó una única lágrima silenciosa. —Vas a viajar, mija —dijo su madre y después le contó acerca de una de las creencias de las abuelas—. Cuando una mujer viaja, debe recoger el cabello que se le cae y guardarlo en un lugar seguro. Si la mujer deja el pelo que se le cae, al morir, su espíritu deberá regresar a todos los lugares donde ha quedado su cabello antes de poder encontrar la paz eterna.

No había ninguna duda respecto del contenido del sueño y todas las señales apuntaban a Robert y su trabajo como ingeniero. Ya había vivido en tres países distintos antes de venir al ombligo del mundo y si ella iba a ser su mujer, no cabía ninguna duda de que iba a dejar su hogar.

—¿Está de acuerdo con que me vaya lejos, madre? —preguntó. Su madre, una mujer menudita con la fuerza de dos hombres y medio, entrecerró los ojos y levantó la vista hacia Ixchel. —Cuando naciste, me dijeron que ibas a tener un destino diferente al del resto de mis hijos. Te he observado crecer, pero nunca entendí plenamente qué me quisieron decir. Si debes partir, tus otras hermanas ayudarán a llevar esta casa adelante y siempre tendrás mi bendición. —Y con eso, la madre derramó una única lágrima, se dio la vuelta y se marchó.

Robert continuó visitándola, así que Ixchel empezó a aprender inglés. Tuvo otro sueño, que no fue tan vívido como el primero, en el cual ella hablaba en inglés y le daba la mano a Robert mientras caminaban por las calles de una ciudad moderna repleta de luces, gente y contaminación. Aquí en el lago todo era tan bello —con el cielo siempre azul— y no sabía

beautiful, but in the dream there were patches missing and hair all over the bed. When she told her mother about the dream, her mother shed a silent tear. "You are going to travel, *mija*," her mother said, and then told her about one of the beliefs of the *abuelas*. "Whenever a woman travels, she must collect her hair and store it in a special place. If the woman leaves any hair behind, in death the spirit must return to all the places where it has left its hair before it can find its eternal peace."

There was no doubt about the content of the dream, and all signs pointed to Robert and his work as an engineer. He had already lived in three different countries before coming here to the umbilicus of the earth, and if he was going to be her partner, there was no doubt that she would be leaving home.

"Is it okay with you if I go away, mother?" she asked. Her mother, a tiny woman with the strength of two and a half men, squinted her eyelids and looked up at Ixchel. "When you were born, I was told that you would have a different destiny than the rest of my children. I have watched you grow, but I never fully understood what that meant. If you must go, your other sisters will help take care of this house, and you will always have my blessing." With that, her mother shed a single tear and walked away from Ixchel.

Robert continued to call for her, so Ixchel began to learn English. She had another dream, though not nearly as vivid as the first, and in the dream she was speaking English and holding Robert's hand as they walked through the streets of a modern city filled with lights, people, and pollution. Here at the lake it was so beautiful – always a blue sky, and she did not know whether she could live in a city and be happy. But she had to trust her fate, whatever it may be. After the damage done by Federico, the thought of being with a local man turned

si podría vivir en una ciudad y ser feliz. Pero tenía que confiar en su destino, cualquiera fuese. Después del daño causado por Federico, la sola idea de estar con un hombre de la zona le revolvía el estómago; y de todas formas, si se quedaba allí, siempre sería la sirvienta de su padre.

Inevitablemente, Robert le declaró sus intenciones al padre de Ixchel. Era obvio que había practicado su discurso, porque su español sonó mejor que lo normal, y su padre le entendió a la perfección. Papá pareció sorprendido por la declaración formal de Robert, pero no rechazó al extranjero de cabellos rizados y en un lapso de tres meses, Robert e Ixchel estaban comprometidos para casarse.

Ixchel estaba más resignada que contenta, pero no de manera morbosa. Siempre había sido profundamente espiritual sin ser religiosa, y si este era el destino que los dioses le habían deparado, sabía que era mejor no discutir con los designios de un ser superior. Con la cabeza en alto, soportó las burlas y los chismes de la comunidad. Algunos decían que se casaba por el dinero, mientras que otros simplemente la miraban fijo y no decían nada. Pero la determinación de Ixchel era más fuerte que el interés pasajero de los habitantes del pueblo y se casó en una ceremonia pequeña a la cual asistieron los padres de Robert, que vinieron en avión.

Para la luna de miel fueron en avión a Tikal. Nunca había viajado en avión y él quiso que su primer viaje fuera dentro de su propio país. Después se subieron a un avión y fueron a la Ciudad de México a conocer Teotihuacán. El viaje duró dos semanas y cuando volvieron había una oferta para un nuevo proyecto en Kenia esperando en la bandeja de entrada de Robert.

Hablaron al respecto, lentamente. Se podían quedar en Guatemala o ir a África. Él podía buscar trabajo en Centroamérica. Siempre había más proyectos de desarrollo

her stomach; and anyway, if she stayed here she would always be her father's servant.

Inevitably, Robert declared his intentions to her father. It was obvious that he had practiced his speech, because his Spanish was better than normal, and her father understood him perfectly. Papa had seemed surprised by Robert's formal declaration, but he didn't refuse the curly-haired *extranjero*, and within three months, Robert and Ixchel were engaged to be married.

Ixchel was more resigned than overjoyed, but not in a morbid way. She had always been deeply spiritual in a non-religious way, and if this was the fate that the gods had cast for her, she knew better than to argue with a higher power. She held her head high and endured the taunting and the whispering of her community, some saying that she was marrying for the money, others staring and saying nothing at all. But Ixchel's will was stronger than the passing interest of the villagers, and she married in a quiet ceremony which Robert's parents flew in to attend.

For their honeymoon he flew her to Tikal. She had never been on a plane, and he wanted her first voyage to be within her own country. Then they flew to Mexico City to see Teotihuacan. They were gone for a fortnight, and when they returned there was an offer for a new project in Kenya waiting in Robert's inbox.

They talked about it, slowly. They could stay in Guatemala or go to Africa. He could look for work in Central America. There were always more development projects than people to implement them, so he could always find something more local if she wasn't ready to travel to another continent.

que gente para implementarlos, así que siempre iba a poder encontrar algo más cercano si ella no estaba lista para viajar a otro continente. Además, dos pasajes en avión a África costaban más que tres meses de salario local.

—Sigue buscando —dijo Ixchel—. Ya veremos qué pasa. Todavía tienes trabajo en la planta de tratamiento. Concéntrate en eso. Esta planta tiene que funcionar.

Dos semanas después, se presentaron los planos para la planta de tratamiento de agua en la municipalidad, si bien no había un plazo para su eventual implementación. El trabajo de Robert había terminado.

Decidieron tomarse unas vacaciones en Monterrico, una playa que se extiende del este al oeste con una de las costas mirando al sur y una endiablada corriente de resaca, donde se puede ver la salida del sol y la puesta del sol desde la misma hamaca. Hicieron largas caminatas juntos y cada uno por su cuenta y una noche, mientras comían ceviche Ixchel dijo finalmente, en español: —Estoy lista. Acepta el trabajo en África si lo quieres.

Los cuatro años siguientes fueron un torbellino de viajes, actividad y trabajo intenso. Robert terminó sus obligaciones en Kenia y casi de inmediato encontró otro puesto en Brasil. Antes de irse de África, fueron a las grandes pirámides de Egipto, navegaron por el Nilo, vieron las cataratas Victoria e hicieron un safari africano. Robert nunca se iba a hacer millonario ayudando a los demás, pero siempre les sobraba lo suficiente como para una pequeña aventura.

Llegaron a ver la cuenca del Amazonas y la costa, así como las grandes ciudades de Brasil. Visitaron Argentina y finalmente la Patagonia. Fueron a Machu Picchu y al Valle Sagrado de los Incas para navidad un año y después sobrevolaron las líneas de Nazca para el cumpleaños de Ixchel.

Also, two flights to Africa cost more than three month's local salary.

"You keep looking," Ixchel said. "We'll see what happens. You're still working on the treatment plant. Stay focused. We really need this plant to work."

Two weeks later, the plans for the water treatment plan were submitted to the municipality, although no timeline existed for their eventual implementation. Robert was finally done.

They decided to take a holiday in Monterrico, an east-west beach with a shore facing south and a wicked undertow, where you can see a sunrise and a sunset from the same hammock. They took long walks, together and alone, and one night over *ceviche* Ixchel said finally, in Spanish, "I'm ready. Take the job in Africa if you want it."

The next four years were a whirlwind of travel, activity, and hard work. Robert had completed his assignment in Kenya and almost immediately found something in Brazil. Before leaving Africa, they went to the Great Pyramids, cruised the Nile River, and saw Victoria Falls and an African safari. Robert would never get rich helping other people, but they always had enough left over for a little adventure.

Eventually they saw the Amazon Basin and the coast and the great cities of Brazil, got to Argentina and finally Patagonia. They went to Machu Picchu and the Sacred Valley for Christmas one year, and flew over the Nazca Lines for Ixchel's birthday the next.

But everywhere that Ixchel went, she collected her hair and placed it in a small hand-woven bag that her mother had made her. Every morning she collected her hair from the

En cada lugar que visitó, Ixchel recogió el cabello que se le había caído y lo colocó en una bolsita tejida a mano que le había hecho su madre. Todas las mañanas recogía el pelo que había quedado en la almohada. Después de bañarse, sacaba el pelo de la cañería. Sabía que sus actos eran inútiles. Su cabello era demasiado largo y lacio y propenso a caerse y viajaron a demasiados lugares como para que Ixchel pudiera recoger cada pelo que se le caía. Pero estaba honrando la promesa que le hizo a su madre en silencio cuando le dio la bolsita con lágrimas en los ojos la mañana en que Ixchel dejó el ombligo del mundo.

Robert había creado una especie de juego al respecto, revisando las habitaciones de los hoteles, aviones, taxis y autobuses en busca de cabellos perdidos antes de irse. En aldeas rurales encontrarían a personas que hicieran pelucas con ellos, y en las ciudades, donarían su cabello a los niños con cáncer. Ixchel recogía su cabello con una sonrisa, pero cada vez que la bolsita se llenaba y tenía que vaciarla, pensaba un poquito más en su alma.

Aun así, era joven y feliz y había visto más partes del mundo que cualquier persona de su pueblo. Y luego, justo cuando el trabajo en Brasil estaba por terminarse, Ixchel despertó a Robert un domingo a la mañana con una sorpresa: estaba embarazada.

El embarazo vino en buen momento. Ixchel tenía la certeza de querer criar al bebé en su casa, cerca de su madre, y en el lapso de dos meses Robert habría terminado su trabajo en Brasil. Desmontó su caserón con regocijo, vendiendo todas sus posesiones a las mujeres del lugar por una fracción de su valor, y en menos de ocho semanas estaba de regreso en su casa del lago.

Su madre la recibió en el aeropuerto con lágrimas cayendo por su huipil. Hacía casi cuatro años que no se veían y a Ixchel su madre le pareció una fruta seca. De todos los

pillow. After every shower she fished her hair out of the drain. She knew the futility of her actions. Her hair was too long and straight and prone to falling, and they traveled too far and wide for Ixchel to collect every hair. But she was honoring the silent promise she made when her mother handed her the bag with tears in her eyes the morning Ixchel left the umbilicus of the earth.

Robert had made a game out of it, checking the hotel rooms, airplanes, taxis and buses for stray hairs before departing. In rural villages they would find people to make wigs, and in cities they would donate her hair to kids with cancer. Ixchel collected her hair with a smile, but every time the bag was full and needed to be emptied, she thought a little bit more about her soul.

Even so, she was young and happy and had seen more of the world than anybody from her village had ever seen. Then, just as the job in Brazil was coming to a close, Ixchel woke Robert on a Sunday morning with a surprise: she was pregnant.

The *embarazo* came at a good time. Ixchel was certain that she wanted to raise the baby at home, near her mother, and within two months Robert would be done with Brazil. She disassembled their ramshackle house gleefully, selling all their possessions to the local women for a fraction of their value, and within eight weeks she was back home at the lake.

Her mother greeted her at the airport, tears falling on her *huipil*. They hadn't seen each other in almost four years, and to Ixchel, her mother looked like a dried fruit. Out of all her siblings, couldn't one have taken care of Mama? They hugged, and Ixchel cried, too.

hermanos y hermanas, ¿ninguno se molestó en cuidarla a Mamá? Se abrazaron e Ixchel lloró también.

De haber sido su decisión, Robert hubiese preferido no vivir con la familia de Ixchel, pero esta vez era Ixchel la que tomaba las decisiones y no quería vivir en ninguna otra parte. Había seguido a Robert por todo el mundo sin una sola queja, pero ahora su madre necesitaba un poco de ayuda y además Ixchel estaba embarazada, así que la pareja alquiló la casita detrás de la casa principal y se mudaron allí. No tenían casi nada, así que la casucha de dos dormitorios era lo suficientemente grande por el momento. Cuando llegara el bebé, reconsiderarían el tema de la vivienda.

Con la ayuda de Ixchel, su madre se puso más fuerte. Ixchel asumió el papel dominante en la casa a medida que su vientre crecía y logró que dos de sus hermanas menores se hicieran cargo de las tareas en la cocina. Habiendo salido al mundo y visto la manera en la que otra gente hacía las cosas, empezó a ignorar los modales vulgares y sexistas de Papá, burlándose de él sin faltarle el respeto cuando podía. —Si no le gusta la comida —le dijo Ixchel en una ocasión—, vaya a un restaurante, yo lo invito. Puso su dinero sobre la mesa y Papá se quedó mudo.

Cuando llegó el momento de tener el bebé, Ixchel insistió en tener el parto en la casa, lo que asustó tremendamente a Robert. A pesar de haber trabajado en países en desarrollo durante varios años, todavía confiaba en la esterilidad y precisión de la medicina occidental para cualquier intervención médica de importancia, y ninguna era más importante que ésta. Pero ahora vivía entre los nativos y su voto estaba en la minoría. Cuando llegó la partera y lo hizo salir del cuarto, no discutió.

Le pusieron de nombre Marisol, por el mar y el sol. Su piel era más oscura que la de Robert, tenía cabellos

Given a choice, Robert wouldn't have wanted to live with Ixchel's family, but this time Ixchel was making the decisions, and there was nowhere else she wanted to be. She had followed Robert all over the globe without a single objection, but now her mother needed some help, and Ixchel was pregnant, so the couple rented the *casita* behind the main house and moved in. They owned next to nothing, so the two-room shack was large enough for the time being. When the baby came, they would rethink their living arrangements.

With Ixchel's help, her mother got stronger. Ixchel assumed the dominant role in the house as her belly grew, and she got two of her younger sisters to take up the slack in the kitchen. Having been out in the world and seeing the way other people did things, she started ignoring Papa's brash and sexist ways, mocking him without disrespecting him when she could. "If you don't like the food," Ixchel told him once, "go to a restaurant, my treat." She laid her money down on the table and Papa was shocked into silence.

When the time came to have the baby, Ixchel insisted on a home birth, which scared the hell out of Robert. Though he had worked in developing countries for many years, he still relied on the sterility and precision of western medicine for important medical procedures, and none was more important than this. But he was among native people, and outvoted. When the midwife came and ordered him out of the room, he did not argue.

They named her Marisol, for the sea and the sun. She was darker than Robert, with a head of wavy black hair and a face like a prune. Ixchel nursed Marisol openly, without shame, like native people everywhere, and for the first few months, Ixchel and Robert barely left the *casita*, they simply waited on

negros rizados y su carita parecía una pasa. Ixchel le daba el pecho a Marisol abiertamente, sin vergüenza, como lo hacen los aborígenes de cualquier parte del mundo, y durante los primero meses, Ixchel y Robert apenas salieron de la casita. Se limitaron a atender cada necesidad de Marisol, inundados en el resplandor perfecto de la nueva paternidad.

Lentamente Marisol fue desarrollando su personalidad. Era inocente y curiosa como su padre, pero tenaz y estoica como su madre. La beba tenía a tantas personas para cuidarla que después de los primeros seis meses, Robert se escapaba de vez en cuando para reinsertarse en la sociedad. La población de extranjeros en el pueblo era transitoria, pero todavía le quedaban algunos conocidos en el pueblo con quienes se podía sentar a compartir una cerveza y sus aventuras.

Después de un año de vivir con la familia de Ixchel, Robert empezó a pensar en el futuro. Tenía suficientes ahorros como para cuidar de Marisol por otro año, pero eventualmente tendría que volver a trabajar. Si le daban a elegir, sabía que preferiría trabajar internacionalmente. Era más interesante y pagaba mejor. Pero también sabía lo feliz que estaba Ixchel de estar nuevamente en su casa con su familia. Ella le había dado cuatro años sin una sola queja, así que empezó a buscar trabajo en la zona.

Conseguía trabajos de medio tiempo aquí y allí en proyectos de desarrollo y la beba no corría peligro de quedar privada de comida o amor. Pero a medida que fueron transcurriendo los meses y se acercaba el segundo cumpleaños de Marisol, a Robert le sobrevino un cambio. Ixchel estaba demasiado absorta con la beba como para notarlo, por lo que Robert intentó lidiar con el cambio por sí mismo, esperando que se le pasara.

Se sentía como un prisionero en la casa de la familia de Ixchel, un extraño de otro planeta con costumbres diferentes y

Marisol's every need and bathed in the perfect afterglow of new parenthood.

Slowly Marisol developed a personality. She was wide-eyed and curious like her father, but stubborn and stoic like her mother. The baby had so many people to take care of her that after the first six months, Robert would slip out from time to time and slowly rejoin society. The *extranjero* population in the village was transient, but there were still a few acquaintances in town with whom he could sit and share a beer and his adventures.

After a year of living with Ixchel's family, Robert began to think about the future. He had saved enough to take care of Marisol for another year, but eventually he would have to work again. Given the choice, he knew he would rather work internationally. It was more exciting and the money was better. But he also knew how happy Ixchel was to be back home with her family. She had given him four years without a single complaint, so he started looking for work locally.

He found part-time work here and there on development projects, and the baby was in no danger of starving from lack of food or love. But as month after month passed and Marisol approached her second birthday, a change came over Robert. Ixchel was too absorbed with the baby to notice it, so Robert tried to deal with it himself, hoping it would pass.

He felt like a prisoner in Ixchel's family home, a stranger from a different planet with different customs and a different language. He let the family raise the baby in their traditional ways – what choice did he have? But he began to yearn for not only the freedom and independence that he had lost when Ixchel had brought him back home again, but also the challenge and excitement of a real job.

otra lengua. Dejó que la familia criara a la beba de la manera tradicional, ¿qué otra opción tenía? Pero empezó a anhelar no sólo la libertad y la independencia que había perdido cuando Ixchel lo trajo de regreso a su hogar, sino también el desafío y el entusiasmo que generan un trabajo de verdad.

Finalmente una noche después de transcurrido más o menos un mes durante el cual apenas habían hablado, apenas habían hecho el amor, Ixchel apoyó su cabeza en el pecho de Robert y le preguntó qué le pasaba. —Pareces diferente — le dijo—. Lo noté, pero quería darte el espacio para que lo resolvieras solo.

—Creí que se me pasaría —dijo él—, pero no es así. Todavía estoy viviendo con tu familia, no estoy ganando dinero y no veo ninguna oportunidad aquí de un futuro mejor.

Ixchel se quedó callada por un momento y Robert supo lo que estaba pensando. ¿Qué más podía pedir? Tenían una familia grande, una casa segura en la que Marisol podía crecer y más bebés si así lo decretaban los dioses. ¿Realmente estaba tan mal todo eso?

—Yo no soy uno de ustedes —dijo Robert—. He tratado de integrarme. He intentado imaginarme quedarme aquí para siempre y vivir la vida de tu gente.

—Ya sé que lo has intentado —dijo Ixchel—. Y sé que te tiene abatido.

Lo besó e hicieron el amor lentamente, como no lo habían hecho en mucho tiempo. Cuando terminaron y estaban a punto de quedarse dormidos, ella se dio vuelta y le susurró al oído, en español: —La respuesta va a llegar. Siempre llega.

Y mientras Robert esperaba la respuesta, Marisol crecía día a día y, antes de que sus padres se dieran cuenta, estaba dando sus primeros pasos, persiguiendo a las gallinas que su abuela dejaba andar sueltas en el patio. Era una niña

Finally one night after a month or so where they had hardly talked, hardly made love, Ixchel put her head on Robert's chest and asked him what was wrong. "You seem different to me," she said. "I've noticed, but I wanted to give you the space to figure it out."

"I thought it would pass," he said, "but it hasn't. I'm still living with your family, I'm not making any money, and don't see any opportunities here for a better future."

Ixchel was quiet for a time and Robert knew what she was thinking. What more was there? They had a big family, a safe house for Marisol to grow up in, and more babies if the gods decreed it so. Was that really so bad?

"I'm not one of you," Robert said. "I've tried to blend in. I've tried to picture myself staying here forever and living the life of your people."

"I know you have," Ixchel said. "And I know it is making you miserable."

She kissed him and they made love slowly, like they hadn't done in a long time. When it was all over and they were just about to fall asleep, she rolled over and whispered in his ear, in Spanish, "The answer will come. It always does."

So while Robert waited for the answer, Marisol grew day by day, and before her parents knew it she was toddling around, chasing after the chickens that her *abuela* let run free in the yard. She was a happy child, full of love and light, with an army of aunts and uncles to spoil her. Life inside the family compound was unhurried and uncomplicated. Everyone came and went as they pleased. Lunch was always served at one o'clock, and the table was always enormous and full. The slow harmony and the unconditional love of the family were

feliz, llena de amor y luz, con un ejército de tías y tíos para malcriarla. La vida dentro del círculo familiar transcurría con lentitud y sin complicaciones. Todos entraban y salían cuando querían. El almuerzo se servía siempre a la una de la tarde, en una mesa invariablemente enorme y llena. La lenta harmonía y el amor incondicional de la familia eran hermosos, pero de una manera que Robert no lograba definir, esa vida tenía una cierta vacuidad. Algo más profundo le carcomía las entrañas, y le llevó un tiempo darse cuenta de qué era. Mientras tanto, su hija crecía y su relación con Ixchel iba cambiando sutilmente. Ixchel manejaba la casa ahora. Su madre estaba enferma la mayor parte del tiempo y, en su ausencia, Ixchel había empezado a cocinar cuando no estaba amamantando, y mandaba a sus dos hermanas menores para que ayuden con el trabajo.

A veces Robert se imaginaba invisible, un visitante de otro planeta sobrevolando todo desde otra dimensión y simplemente observando a las personas de la tierra cumplir con sus rutinas diarias con ojos adormecidos y una gracia lánguida. A veces se hacía invisible a propósito, deambulando sin rumbo fijo o bebiendo en alguno de los bares para extranjeros.

Fue durante este ciclo destructivo que Ixchel lo despertó una mañana. Él tenía una resaca tremenda. —Tuve un sueño —le dijo ella—. En el sueño, te mudabas a un lugar lejano.

Robert no dijo nada. Conocía a Ixchel lo suficientemente bien como para saber que sus sueños eran extraordinarios.

—Conseguías un trabajo —continuó Ixchel— y el trabajo era perfecto para ti.

—¿Estabas tú en el sueño?

Ixchel asintió y puso su brazo sobre el pecho de él. —Yo estaba en el sueño, pero no iba contigo.

Nuevamente Robert no dijo nada. Siempre era mejor no interrumpir a Ixchel.

—Robert, sé lo difícil que ha sido para ti últimamente.

beautiful, but in a way that Robert could not fully define, there was a hollowness to it all. Something deeper was eating his insides, and it took him some time to figure out what it was. In the meantime, his daughter was growing, and his relationship with Ixchel was subtly changing. Ixchel ran the house now. Her mother was sick more often than not, and in her absence, Ixchel had begun cooking when she wasn't nursing, and commandeered her two younger sisters to pick up the slack.

Sometimes Robert imagined himself invisible, a visitor from another planet hovering in a different dimension, and just watched the people of the earth go through their daily routines with sleepy eyes and a languid grace. Sometimes he actually made himself invisible, leaving the house for hours at a time, wandering aimlessly or drinking at one of the expat bars.

It was during this destructive cycle that Ixchel woke him one morning. He had a terrible hangover. "I had a dream," she told him. "In the dream you were moving far away."

Robert said nothing. He knew Ixchel well enough to know that she was no ordinary dreamer.

"You got a job," Ixchel continued, "and the job was perfect for you."

"Were you in the dream?"

Ixchel nodded, and put her arm across his chest. "I was there, but I did not come with you."

Again, Robert said nothing. With Ixchel, it was always best not to interrupt.

"Robert, I know how hard it has been for you lately. You've tried to fit in here, but you can't. You've been a good father, even when you've been hurting…" Her voice trailed off, and it took her awhile before she continued.

"I've known this day would come," she said. "I've

Has intentado encajar aquí, pero no puedes. Has sido un buen padre, incluso en medio de tu propio dolor... —Su voz se fue apagando y le llevó un tiempo antes de poder continuar.

—Siempre supe que llegaría este día —dijo—. He pensado en ello más de lo que te imaginas. Si te vas esta vez, te vas solo.

Robert abrió los ojos bien grandes y estaba a punto de protestar, pero ella lo interrumpió. —Te di cuatro años de viajes, Robert. Fuimos a todas partes, disfrutamos de las mejores cosas que el dinero puede comprar y dejé mis cabellos por todo el mundo. —Lo miró a los ojos—. Si es mi destino vagar por todo el planeta después de morir para recoger los cabellos que fui dejando, lo acepto. Pero no quiero lo mismo para mi hija.

Robert dio un suspiro. Entendió su instinto maternal y no quiso invalidarlo con desconsideración. —¿Entonces Marisol nunca va a viajar? —preguntó—. ¿Se quedará aquí y será un bicho raro de cabellos rizados entre tu gente?

—Marisol es aún un bebé y la voy a cuidar como tal. Cuando sea lo suficientemente grande como para tomar sus propias decisiones, podrá hacer lo que quiera. —Y esas fueron las últimas palabras al respecto.

Pero la semana siguiente Marisol dejó de tomar el pecho. Quizás detectó un cambio sutil en la leche de su madre, porque unos días después Ixchel se enfermó. Cuando Robert le preguntó qué le pasaba, no pudo responderle con certeza. —No es mi cuerpo —dijo Ixchel—. Es mi alma. Cada vez que cierro los ojos me veo sobrevolando el planeta, orbitando y luego cayendo en cada lugar en el que hemos estado.

—¿Estás diciendo lo que creo que estás diciendo? —preguntó Robert.

—Sí —dijo Ixchel—. Estoy buscando los cabellos que dejé atrás.

thought about it more than you realize. If you go this time, you go alone."

Robert's eyes widened and he was about to protest, but she cut him off. "I gave you four years of travel, Robert. We went everywhere, enjoyed the best things money has to offer, and I left my hair all over the world." She looked him in the eye. "If it is my destiny to wander this planet after I die and collect my hair, I can accept that. But I don't want that for my daughter."

Robert sighed. He understood her maternal instincts, and didn't want to nullify them with insensitivity. "Then Marisol will never travel?" he asked. "She will stay here and be a curly-haired freak amongst your people?"

"Marisol is still a baby, and I will take care of her as such. When she is old enough to make her own decisions, she can do whatever she wants." That was the final word on the subject.

But the next week, Marisol stopped nursing. Perhaps she sensed a subtle change in her mother's milk, because a few days later, Ixchel fell ill. When Robert asked her what was wrong, she couldn't really answer. "It's not my body," Ixchel said. "It's my soul. Whenever I close my eyes I find myself flying above the planet, orbiting and then dropping down into every place we've ever been."

"Are you saying what I think you're saying?" Robert asked.

"Yes," Ixchel replied. "I am looking for my hair."

When the job offer came three weeks later, neither one was surprised. "Here is your opportunity," she said. "You can go back to Africa and continue your career." Ixchel had recovered from her flying spells, but Marisol would not nurse

Cuando a las tres semanas le llegó la oferta laboral a Robert, ninguno de los dos se sorprendió. —Esta es tu oportunidad —le dijo ella—. Puedes volver a África y continuar tu carrera profesional. —Ixchel se había recuperado de su racha de vuelos, pero Marisol se rehusaba a tomar el pecho. En lugar de ello, la beba pasaba más tiempo con sus tías y su abuela y se fastidiaba cuando Ixchel la rondaba demasiado.

—Tengo dos semanas para tomar una decisión —dijo Robert—. Me voy por un par de días para pensarlo bien. ¿Quieres venir conmigo?

—Por lo general te gusta resolver las cosas solo —le dijo ella.

—Es cierto, pero Marisol estará bien con tu familia y no quiero cometer el peor error de mi vida.

Fueron nuevamente a Monterrico, a donde habían ido cuando eran jóvenes enamorados, hacía apenas unos años. El mar y la arena eran los mismos, pero Ixchel y Robert se sentían diferentes. Sin Marisol, Ixchel se sentía lenta y apática, como si le faltara una parte vital de sí misma. Robert intentó reavivar la pasión y el romance de antaño, pero ya no estaba ahí y mientras más él lo intentaba, peor se sentía ella. Después de tres noches de intentarlo en vano, Robert se fue a dormir a la playa en una hamaca, dejando a Ixchel tapada con las colchas en el bungaló. Observó las estrellas, la luna, el gran firmamento vacío y cuando finalmente llegó la respuesta, no le gustó para nada.

Estuvo despierto casi toda la noche y cayó en un sueño profundo en algún punto durante la madrugada. El sol empezaba a cocinarlo a través de las escasas pajas que formaban un techito sobre su hamaca, pero no fue eso lo que lo despertó. Fue un pánico primitivo que no pudo identificar y entonces miró hacia las olas y vio que Ixchel se internaba en

again. Instead, the toddler was spending more time with her aunts and her grandmother, and fussed when Ixchel hovered over her for too long.

"I have two weeks to decide," Robert said. "I am going away for a few days in order to figure this out. Do you want to come with me?"

"You normally like to figure things out on your own," she said.

"That's true, but Marisol will be safe with your family, and I don't want to make the biggest mistake of my life."

They went back to Monterrico, where they had gone as young lovers just a few years before. The sea and the sand were the same, but Ixchel and Robert felt different. Without Marisol, Ixchel felt slow and listless, like a vital part of her was missing. Robert tried to rekindle the passion and the romance of bygone days, but it wasn't there, and the harder he tried, the worse she felt. After three nights of futility, Robert went out to sleep on a hammock by the beach, leaving Ixchel tucked beneath the covers in the bungalow. He looked at the stars, the moon, the big empty sky, and when the answer finally came, he didn't like it at all.

He stayed up almost all night, and fell into a deep sleep sometime in the early hours of the morning. The sun was starting to bake through the scant thatching that constituted a roof over his hammock, but that's not what woke him. It was a primal panic that he couldn't place, and then he looked out at the waves and saw Ixchel walking into the ocean. She wasn't a great swimmer, and the undertow here could be severe. Robert sprang out of the hammock and ran towards the shore. She hadn't gotten very far out yet, and at this hour of the morning the sea was still relatively calm. She was maybe thirty meters

169

el mar. No era muy buena nadadora y la resaca aquí podía ser peligrosa. Robert saltó de la hamaca y corrió hacia la orilla. Ella aún no se había adentrado demasiado y a esa hora de la mañana el mar estaba todavía relativamente tranquilo. Estaría unos treinta metros mar adentro, pero el agua sólo le llegaba a la cintura. Robert la llamó, pero ella no respondió.

La volvió a llamar otra vez, lo suficientemente alto como para que lo escuchara, pero no se giró a mirarlo y simplemente siguió caminando mar adentro. Él se quitó la camisa y la arrojó a la orilla, pero cuando levantó la vista hacia el mar, ya no vio a nadie. La llamó nuevamente lleno de pavor y corrió mar adentro. El agua era poco profunda y el declive no era pronunciado, como si el continente se negara a terminar. Cuando llegó al sitio donde creyó haberla visto parada, se sumergió y tanteó con sus brazos y piernas, intentando cubrir la mayor superficie posible. Nada. Salió a tomar aire y volvió a gritar su nombre, y luego se sumergió nuevamente. Abrió los ojos pero le ardían por la sal y volvió a salir a la superficie.

Durante veinte minutos o más continuó buceando, nadando y buscando en el área como mejor pudo. Pero ella no aparecía.

Exhausto, se metió un poco más mar adentro, cegado por la sal, gritando su nombre en agonía. Entonces, sin aviso previo, el continente desapareció bajo sus pies y se hundió. Intentó tocar el fondo con sus pies, pero sólo había más agua. Con lo que parecía el último resabio de su fuerza, se empujó hacia arriba y finalmente salió a la superficie. Pero antes de que pudiera por fin inhalar, una gran ola circular le rompió encima y la resaca se lo tragó hacia el mar infinito. Pataleó, se asfixió y escupió, pero no logró acercarse a la orilla.

Ixchel se levantó sobresaltada y retiró el mosquitero de la cama. Temblaba de miedo. Había soñado que caminaba mar adentro y que el océano se la había tragado entera. Se puso

out, but the water was only up to her waist. Robert called her name but she didn't answer.

He called one more time, loud enough for her to hear, but she didn't turn to look at him, she just kept on walking into the ocean. He stripped off his shirt and threw it in the sand, but when he looked out again, there was no one. He called her name again in terror and ran into the ocean. The water was shallow and the incline was slow, as if the continent was reluctant to end. When he got to the place he thought she had been standing, he dove under the water and thrashed with his arms and legs, trying to cover the largest area possible. Nothing. He surfaced for air and shouted her name again, then dove. He opened his eyes but the salt stung, and he came up to the surface once more.

For twenty minutes or more he continued to dive, circumnavigating the area the best he could. But she was nowhere to be found.

Exhausted, he ventured out further, blinded by the salt, screaming her name in agony. Then, without warning, the continent dropped off and he went under. He searched for the bottom with his feet, but found only more water. With what seemed like the last of his strength, he pushed upward, and finally broke the surface. But before he could fully inhale, a great circular wave crashed over him and the undertow pulled him backwards toward the infinite sea. He kicked, choked, and spluttered, but got no closer to the shore.

Ixchel awoke with a start and pulled the mosquito net from the bed. She was shaking with fright. She had dreamed that she had walked into the ocean, and the ocean had swallowed her whole. She put on her slippers and walked out to the hammock where Robert had been sleeping, but saw

171

sus pantuflas y caminó hacia la hamaca donde Robert había pasado la noche, pero sólo vio sus sandalias. Miró hacia el mar y vio la camisa amarilla de Robert tirada en la arena. Mientras caminaba hacia la camisa, vio las huellas profundas de las pisadas intensas de Robert que se separaban cada vez más a medida que se acercaban al mar.

Ixchel siguió sus pisadas hasta la orilla del agua, donde se disolvían en el oleaje que venía desde el mar y se quedó ahí parada por largo rato con la vista perdida en dirección al sur, hacia las fauces del mar vacío.

only his flip-flops. She looked out toward the ocean and saw Robert's yellow shirt lying in the sand. As she walked toward the shirt, she saw the deep, heavy footprints spaced further and further apart the closer they got to the ocean.

Ixchel traced his footprints to the edge of the water, where they dissolved into the oncoming surf, and stood for a long time staring southward into the maw of the empty sea.

Vernazza Rain

Lluvia en Vernazza

Lluvia en Vernazza

La lluvia se había pasado el día entero amenazando y ninguno de los dos había llevado paraguas. Espumosas y portentosas, las olas de ese mar de Liguria rompían contra el muro de cemento donde se habían sentado en unas sillas blancas de plástico que trajeron de un café cercano. Rickman solamente quería tomarse diez días para no hacer nada. De nada. Había invitado a Mónica y ella había aceptado de inmediato, pero con demasiada calma. Él había querido sorprenderla, pero ella tomó la noticia como una invitación a ir a cenar o al cine. Ese mismo desapego y calma persistían aún en su perfil, mientras su mirada se perdía sobre el muro, hacia el mar, en dirección a Córsica. Rickman tenía dinero y este viaje a Italia era *carte blanche* para Mónica. Sus razones, si es que hacía falta que tuviera alguna, eran que si le daba todas las comodidades materiales, quizás ella bajaría la guardia un poco.

Captó algunas miradas, sin duda, pero según su limitada experiencia en el campo de las relaciones, Rickman nunca antes se había topado con alguien que le resultara semejante enigma. Patrice Fahrquar, una radióloga del Mercy Hospital, conocía a Mónica y los había presentado. El Dr. Rickman estaba siempre tan ocupado que se habían visto, como mucho, unas ocho o diez veces en seis meses. Este viaje a Cinque Terre

Vernazza Rain

The rain had been threatening all day, and neither one had an umbrella. The waves of the Ligurian Sea crashed down, foamy and portentous, into the cement breaker where they sat on the white plastic chairs they had carried from a nearby café. Rickman just wanted to take ten days and do nothing at all. He had invited Monica and she had accepted quickly, but too calmly. He had wanted to surprise her. Instead she took the news as if he had invited her to dinner or a movie. That same calm detachment now lingered in her profile as she stared out over the breaker into the sea, almost towards Corsica. Rickman had money, and this trip to Italy, for Monica, was *carte blanche*. His rationale, if one was even necessary, was that if he gave her every material comfort maybe she would let down her guard a little.

He had caught glimpses, for sure, but in his limited dating experience Rickman had never seen such an enigma. Patrice Fahrquar, a radiologist at Mercy Hospital, knew Monica and had set the two of them up. Dr. Rickman's schedule was so full that in six months they had seen each other maybe eight or ten times. This trip to Cinque Terre was a time to put America and its workaholic ways behind him for a little while -- a

era una oportunidad de olvidarse de los Estados Unidos y su adicción al trabajo por un tiempo, una oportunidad de vivir una fantasía con Mónica y de disfrutar de un poco de comida italiana auténtica.

Estaban en Monterosso, la única de las cinco localidades donde se permitían vehículos motorizados. La playa pública estaba cerrada pero, no sin cierta dificultad, habían logrado llevar dos sillas de la vereda hasta el muro de cemento cercano, donde se sentaron a contemplar el mar. Mónica no había dicho casi nada y Rickman había intentado varias veces iniciar conversaciones. Su silencio, que tomó por reticencia, lo desconcertaba. Con las olas rompiendo a sus pies, la vista que tenían era de pura agua hasta los confines de la Tierra. Rickman inhaló ese olor a mar, un olor tan diferente al del Lago Michigan, y dejó que los maternales e interminables bucles marinos lo arrullaran.

La vida de la ciudad, el transporte público, un pobre perro encerrado en el departamento todo el día, todas esas cosas aletearon en su conciencia antes de que las apartara y se concentrara en ese olor, una sutil combinación de sal marina y *zuppa de pesce* del restaurante calle arriba. De a ratos miraba a Mónica que, con esos ojos marrones profundos, permanecía sentada a su lado, silenciosa e impenetrable, e intentaba hablarle, pero las olas, la sal del mar y el atisbo de lluvia lo terminaban venciendo.

Mónica sentía cómo la observaba, de a ratos. No se giró a mirarlo, pero literalmente podía sentir el calor de su mirada sobre ella. Simplemente asimilaba el calor que se esparcía por ese lado de su rostro. Podía sentir su soledad, esa necesidad imperiosa de compañía —el mal secreto de los profesionales exitosos—. Se vertía en pequeños torrentes cada vez que la miraba. Estos meses que venían saliendo no habían sido fáciles

178

window of unreality to spend with Monica and some authentic Italian food.

They were in Monterosso, the only town of the five to allow motor vehicles. The public beach was closed but they had taken two chairs from the sidewalk and scrambled up a short distance to the concrete breaker, where they sat down and looked out to sea. Monica had said very little, and Rickman had been finding himself attempting to start conversations repeatedly. He was baffled by her silence, which he took for reticence. Waves crashed at their feet, and their view was water to the end of earth. Rickman inhaled the smell of sea, a smell very different from Lake Michigan, and let himself be rocked by the vast, motherly tendrils of ocean.

City life, public transportation, a poor dog locked in the apartment all day, these things flickered in his awareness before he pushed them away and concentrated on that smell, a genteel mixture of ocean salt and *zuppa de pesce* from the restaurant up the way. Now and then he looked at Monica, who sat with deep brown eyes silent and impenetrable, and tried to talk; but the waves, the salt of the sea and the hint of rain in the air was just too much to overcome.

Monica felt him staring, at times. She didn't turn to acknowledge but could literally feel the heat of his stare descend upon her. The side of her face would warm and she would just take him in. She could feel his loneliness, his dire need for companionship – the hidden disease of the overachiever. It poured out in tiny torrents when he stared. The months they had been dating had been difficult for Monica. She was working as a legal secretary through a temp agency and acting at night. Rehearsals kept her out late three or four nights a week, and the time she spent with Rickman was like cotton candy. She wanted to keep it sweet and simple, since finding

para Mónica. Trabajaba como secretaria legal para una agencia de empleos temporarios y actuaba de noche. Tenía ensayos tres o cuatro noches a la semana, tarde, y el tiempo que pasaba con Rickman era como algodón de azúcar. Quería que fuese dulce y simple, desde que se había enterado, pero Rickman era insistente. Insistía en un acercamiento. Ella quería dejar las cosas como estaban, sentir la belleza de la experiencia exactamente como era. A esta altura de la vida, no le gustaba intervenir.

Y Rickman no era ningún Casanova. Era médico. Había estudiado para ser médico desde la secundaria y recién el año pasado, a los 37 y después de un par de años en su especialidad quirúrgica, se había detenido a sentir —y esa honda punzada de soledad que había mantenido tan bien guardada se escapó de su prisión y empezó a exigir que le preste atención—. Quería formar pareja y Mónica representaba su intento de hacer que alguien encajara en su vida. El trabajo venía primero, siempre había tenido prioridad, y había cosas básicas sobre salir con alguien que desconocía totalmente cuando empezó a salir con Mónica. Y ella le tuvo paciencia, realmente, diciéndole que le abra la puerta, le corra la silla para que se siente, que pida la comida de ella primero, sin perder el sentido del humor y hasta diría con una sonrisita irónica y condescendiente. La miró ahora, en otro país, en otro continente, en un entorno casi informal, e intentó imaginarse despertando a su lado cada mañana. No era fácil. Se había quedado a pasar la noche con él dos veces nada más desde que estaban juntos y, si bien se sintió agradecido por su sonrisa y el increíble café que le preparó por la mañana, había un cierto toque de incomodidad en esos primeros minutos al despertarse. Pero sabía que era algo que debía superar si quería una compañera en su vida. Así que ahí estaban, a los tres días de haber llegado a Italia. Tres mañanas

out, but Rickman was a pusher. He pushed to get closer. She wanted to let things be, experience the beauty *exactly* as it was. At this point in her life she was not an interventionist.

And Rickman was not a Casanova. He was a doctor. He had studied to be a doctor since high school, and it was only last year, at 37 years old and a few years into his surgery specialty, that he stopped to feel -- and that deep pang of isolation that he had been stuffing down deep within surfaced and demanded attention. He wanted a partner, and Monica was his attempt to fit a woman into his life. Work was first, had always been first, and there were simple things about dating that he didn't know when he started seeing Monica. She was kind about it, actually, telling him to hold the door, to pull out her chair, to order for her first, always with a sense of humor and a slightly condescending, wry smile. He looked at her now, in another country on another continent, in an almost informal setting, and tried to picture waking up with her every morning. It was difficult. She had only stayed over twice in their time together, and though he was grateful for her smile and her amazing coffee in the morning, there was an awkwardness to those first few minutes after waking. But he knew that he needed to get over it if he wanted a partner in his life. So here they were, three days into their trip to Italy. Three mornings of waking up together, and he found himself wondering what she was thinking all the time. He wanted to ask her so many questions, but he didn't really know how.

As the rain started to fall he sat staring at the waves, thinking about his own silence, observing himself observing himself. The sea brought on unconquerable feelings of smallness, feelings he rarely let himself feel. He struggled to say anything relevant, to communicate with her in the context

despertándose juntos y él que constantemente se preguntaba qué estaría pensando ella. Quería preguntarle tantas cosas, pero no sabía cómo.

Empezó a llover y él seguía sentado con la vista perdida en el oleaje, pensando ahora acerca de su propio silencio, observándose observarse. El mar le generó sentimientos insalvables de insignificancia, sentimientos que raramente se permitía. Se esforzó por decir algo relevante, de comunicarse con ella en ese contexto de un hombre necesitado de compañía. Y al contemplarla, envidió su estoicismo. Miró en dirección a Córsica y después de nuevo a Mónica. Iba a decir: "Napoleón era de Córsica", pero le sonó tan ridículo incluso al pensarlo, que optó por quedarse callado. Sabía que ella no diría la primera palabra. Era parte de su belleza, hasta cierto punto irreverente en esa satisfacción propia.

Mientras estaba sentada en silencio, Mónica pensaba en ese tiempo de vacaciones que se había tomado. Después de su última actuación, se había prometido a sí misma tomarse un mes de descanso y disfrutar de la vida. No sabía cuánto tiempo le quedaba y todavía no había empezado ningún tratamiento. A lo mejor tenía solamente un año. Quizás dos. Se sentía relativamente bien ahora, pero el nefasto presagio del cáncer le calaba los huesos. Y sabía que el cáncer de hueso era implacable. Pero también sabía que se le podía ganar. Empezaría el tratamiento al regresar a Chicago. Estaba convencida de que esta invitación a ir a Italia venía de la Divina Providencia y la había aceptado con gracia. No le había dicho nada a su mamá todavía. Su hermana era la única que lo sabía. No se lo había dicho a Rickman tampoco. Y probablemente lo haría recién cuando volvieran a Chicago. Quería que Rickman la siguiera mirando de esa manera. Quería no tener que responder nunca.

of a man needing companionship. And as he looked at her, he envied her stoicism. He looked out towards where Corsica was supposed to be, and back at Monica. He was going to say, "Napoleon was from Corsica," but it just sounded so ridiculous in his head, and he decided to keep quiet. He knew she would never speak first. She was beautiful in that way -- irreverent somehow in her contentedness.

Monica sat quietly and thought about the time she had taken off. After her last performance she told herself to take a month off and enjoy life. She didn't know how much time she had left, and she hadn't begun treatment yet. Maybe she only had a year left. Maybe two. She felt relatively healthy now, but felt the deep foreboding of cancer in her bones, and she knew bone cancer could be merciless. But she knew it could be beaten also. When she got back to Chicago the treatments would begin. This invitation to Italy she knew was Providence, and she had accepted with grace. She hadn't told her mother yet. Her sister was the only one who knew. She hadn't told Rickman, and probably wouldn't until they got back to Chicago. She wanted Rickman to keep looking at her like that. She wanted to never have to respond.

Rickman's senses were riveted by that smell, and by her silence, but his mind was flummoxed by his inability to formulate words. He knew she could feel his stare, and he knew that she would let him stare as long as he liked. He tried to stretch the years around Monica, her coffee, her detachment. Would they live in a house? Would they share his apartment? Would she even want to move? Would he support her so she could act? Would she even let him? He thought about holding her hand the day before in the Vernazza rain, umbrella in the other hand, her hand pliant but cold. Her silence seemed unnatural, and he thought back to a comment she had dropped

Los sentidos de Rickman estaban cautivados por ese olor, y por el silencio de ella, pero su mente estaba desconcertada por su propia incapacidad de formular palabras. Sabía que ella podía sentir su mirada, como sabía que le dejaría mirarla todo el tiempo que quisiera. Trató de estirar los años alrededor de la imagen de Mónica, su café, su desapego. ¿Vivirían en una casa? ¿Compartirían su departamento? Quién sabe si a ella le interesaría mudarse. ¿La mantendría, para que pueda actuar? ¿Permitiría ella que lo haga? Pensó en cuando le dio la mano el día anterior, bajo la lluvia en Vernazza, con el paraguas en la otra mano, la mano de ella dócil pero fría. Su silencio no parecía normal y recordó un comentario que le había hecho, casi al descuido, en el avión: —A lo mejor esté un poco callada cuando lleguemos. Hay varias cosas en las que tengo que pensar y cuando hago eso, me retraigo.

—¿Qué tipo de cosas? —había preguntado él, lógicamente.

—Cuestiones familiares y personales. Te las cuento cuando pueda, pero no me presiones, ¿sí?

Había intentado no presionarla, y le estaba resultando sumamente difícil.

El silbido del tren rompió el silencio magistral. Ese tren, que conecta las cinco localidades de Cinque Terre, pasaba por Monterosso en ese momento, camino a Vernazza para ir después a Corniglia, Manarola y por último a Riomaggiore. Cuando el silbido finalmente cesó, Rickman dijo: —Ese tren me recuerda que no todo el mundo vive como nosotros. Ni siquiera tienen automóviles en Vernazza. La gente tiene que caminar. Incluso bajo la lluvia. —La miró en ese instante, esperando que brotara de sus labios alguna palabra tierna. Ella lo sintió esperando, con ese calor emanando de su cuerpo.

almost casually on the airplane. "I may be a little quiet when we get there. I've got a lot of things to sort out, and when I do that I go inside."

"What kind of stuff?" he had asked, reasonably.

"Personal and family stuff. I'll tell you about it when I can, just don't push, okay?"

He had been trying not to push, and had found it very difficult.

The train whistle broke the magisterial silence. This train, which connects the five villages of Cinque Terre, ran through Monterosso just then, heading to Vernazza and then on to Corniglia, Manarola, and at last Riomaggiore. When the whistle finally died Rickman said, "That train reminds me that not everyone lives like we do. In Vernazza they don't even have cars. People have to walk. Even in the rain." He looked at her then, hoping for a tender word from her lips. She felt him waiting, heat emanating from his body. She looked out over the waves, her silence unbroken. He needed her to talk. He looked out to sea at the foamy tips of the omnipresent waves. The wind was throwing the waves around, and the rain came down a little harder. Rickman stood up and gestured toward the sea. "This is really a metaphor for what we're doing, isn't it?" Rickman asked Monica. "Civilization humming along behind us," he pointed, "and the vastness of the sea and the great unknown ahead."

Almost imperceptibly she turned her head and said, "Let's go back."

Rickman looked at her then, hiding the little knife wound in his heart. He had meant that unknown to be them – he and Monica, traversing the heart's impenetrable landscape, if only temporarily, in a fantasy world he had carved for the two

Siguió mirando a la distancia, más allá del mar, sin romper su silencio. Él necesitaba que ella dijera algo. Contempló el mar y las crestas espumosas de las olas omnipresentes. El viento revolvía las olas y empezó a llover un poco más fuerte. Rickman se paró e hizo un gesto hacia el mar: —Es realmente una metáfora de lo que estamos haciendo, ¿no? —le preguntó a Mónica—. El zumbido de la civilización a nuestras espaldas —señaló— y la inmensidad del mar y lo desconocido frente a nosotros.

De manera casi imperceptible, Mónica giró la cabeza y dijo: —Vamos, volvamos.

Rickman la miró de pleno entonces, escondiendo la daga que sentía clavada en el pecho en ese momento. Ellos representaban lo desconocido al que se había referido, él y Mónica recorriendo los impenetrables senderos del corazón, aunque sólo fuese por un tiempo, en ese mundo de fantasía que él había creado para los dos. Ella descartó su metáfora con demasiada rapidez, le pareció que hacía todo demasiado rápido o que directamente no lo hacía.

Se puso de pie y le ofreció su brazo. Ella lo tomó y caminaron en silencio de regreso al departamento que habían alquilado. No era más de un kilómetro de caminata, pero con cada paso, Rickman se sentía más herido. Tuvo que hacer un gran esfuerzo para superar la necesidad que lo apremiaba y no abrir la boca. Se concentró en escuchar el taconeo de las botas de Mónica en el pavimento. Observó cómo la llovizna danzaba en el aura de las lámparas del alumbrado público. Percibió el olor característico del agua de mar y miró hacia la pescadería vacía, preguntándose cuál sería el pescado fresco de mañana. Dio rienda suelta a sus sentidos, pero los pensamientos seguían invadiendo su mente. Se recordó que era sólo el tercer día y que no podía esperar calmarse en tres días.

Ella también dio rienda suelta a sus sentidos. De vez en

of them. She dismissed his metaphor too quickly; it seemed to him that she did everything too quickly -- or not at all.

He stood up and offered his arm. She took it and they walked silently back towards the apartment they were renting. The walk couldn't have been more than a kilometer, but each step strained Rickman's sensibilities. With enormous effort he overcame his urge to open his mouth. He listened to Monica's boots on the pavement. He watched the light rain dance in the aura of the streetlights. He smelled the tang of seawater and looked over towards the empty fish market, wondering what tomorrow's catch would be. He let his senses have free rein, but his mind wouldn't stop racing. He told himself that this was only the third day – he couldn't expect to calm down in three days.

She too let her senses have free rein. She glanced at Rickman peripherally now and then, and admired the restraint that she knew was so difficult for him to show. He was a leader – a lonely leader, perhaps, but he knew what he wanted and he got there. Had she gotten there? Monica thought about her childhood with Victoria and her parents, in Miami, living in the upper echelons of poverty. Even now that apartment was a mental prison, a place she couldn't often take herself voluntarily.

Dropping her past for the moment, she took in the storefronts, long since darkened and closed. Pasta fresca, fresh vegetables and herbs, fish if you eat it (she didn't). She shook her head. This is what she had lost touch with. The lament was not individual; it was societal. She scanned the supermarket in Chicago in her mind. Frozen foods, frozen vegetables, vacuum-packed containers, expiration dates years from now. She thought about how the peanut butter on her shelf would probably outlive her, shuddered, and quickened her gait a little.

187

cuando, espiaba a Rickman de reojo, admirando el autocontrol que ostentaba y que ella sabía le estaba costando muchísimo mantener. Era un líder, un líder solitario, quizás, pero sabía lo que quería y lo había logrado. ¿Y ella? ¿Había logrado lo que quería? Mónica pensó en su infancia con Victoria y sus padres, en Miami, viviendo en los escalones más altos de la pobreza. Incluso ahora el recuerdo de ese departamento era como una prisión mental, un lugar que no visitaba muy a menudo por voluntad propia.

Olvidando su pasado por el momento, se dedicó a asimilar los frentes de las tiendas, ya cerradas y oscuras. Pasta fresca, verduras y hierbas frescas, pescado, si te gusta (ella no comía pescado). Hizo un gesto de negación con la cabeza. Eso era con lo que ella había perdido contacto. Y el lamento no era individual, era de toda la sociedad. Mentalmente, buscó en el supermercado de Chicago y sólo encontró comidas congeladas, verduras congeladas, en recipientes cerrados al vacío, con fechas de vencimiento para las que faltaban años. Pensó que la manteca de cacahuate en su alacena probablemente le sobreviviría a ella, tembló y apretó un poco el paso.

—¿Tienes frío?

—¿Qué? —dijo Mónica.

—Temblaste. Te pregunté si tenías frío.

—Un poco —respondió ausente.

—Ya estamos cerca del departamento.

Caminaron al mismo ritmo, casi en armonía, con el taconeo de sus botas resonando en la callejuela enmarcada por edificios a cada lado. Cuando llegaron a la puerta de entrada, Rickman la abrió y dejó pasar a Mónica, que se escurrió adentro silenciosamente.

Se sacaron los abrigos y los colgaron en el perchero. Rickman se sopló las manos y miró a Mónica. Mientras

"You cold?"

"What?" Monica asked.

"You shivered. I asked if you were cold."

"A little," she said distractedly.

"The flat's not far off."

They walked in rhythm, if not harmony, their boots echoing off either side of the buildings lining the narrow street. When they reached the front door, Rickman turned the key and held the door for Monica, who slipped past soundlessly.

Taking their jackets off and hanging them on the coat rack, Rickman blew on his hands and looked at Monica. The longer the silence lasted between them, the less certain Rickman was to initiate conversation of any sort. "What do you want to do?" he asked finally, hoping she would overlook the stilted tone in his voice for the sake of conversation.

"I don't know. Make tea. Maybe write a few postcards."

"I haven't written any postcards since I'm here."

"I've written one, to my sister."

"Where does she live again? Miami?"

"Tampa. She moved there two years ago."

"Ever been?"

"To Tampa? Lots of times. As a teenager."

"I've never been there. Only to the old folks homes in West Palm Beach."

Monica cracked a smile, a rare and precious smile. Rickman locked in on her elegant teeth and her delicate lips covering them up again. "Were you there for personal or professional reasons?"

"I was scouting out my retirement."

Rickman had meant this as another joke, but this time Monica receded into that opaque world, her eyes clouding over as she stared off into the seascape hanging on the wall over the

más duraba el silencio entre ellos, más le costaba a Rickman empezar cualquier tipo de conversación. —¿Qué quieres hacer? —preguntó finalmente, esperando que ella dejara pasar por alto el tono forzado de su voz en pos de la conversación.

—No sé. Preparar té. A lo mejor escribir un par de postales.

—Todavía no escribí ninguna postal desde que estoy acá.

—Yo le mandé una a mi hermana.

—¿Dónde era que vivía? ¿En Miami?

—En Tampa. Se mudó ahí hace dos años.

—¿Fuiste alguna vez?

—¿A Tampa? Muchas veces. Cuando era adolescente.

—Yo nunca fui. Solamente a los asilos de ancianos en West Palm Beach.

Mónica esbozó una sonrisa, una rara y preciada sonrisa. Rickman se fijó en sus encantadores dientes y esos labios delicados que los volvieron a ocultar. —¿Fuiste por motivos personales o profesionales?

—Fui a explorar mis opciones para cuando me jubile.

Rickman hizo el comentario como otra broma, pero esta vez Mónica se retiró hacia ese mundo opaco y se quedó mirando el cuadro del paisaje marino colgado sobre la mesa de la cocina. Él no sabía qué había hecho de malo, pero optó por dejarlo pasar. Subió al piso de arriba por las angostas escaleras en espiral que llevaban al *loft*, donde dormían. Se puso unos pantalones de gimnasia y una camiseta cómoda de mangas largas y se tiró en la cama. Estaba leyendo por placer por primera vez en no sabía cuánto tiempo. Había elegido a Gabriel García Márquez, por recomendación de uno de sus colegas, y abrió *Cien años de soledad* en la página donde lo había dejado. Mónica había elogiado su elección de material de lectura en el

kitchen table. He didn't know what he did wrong, and decided to just let it go. He walked upstairs - a narrow spiral staircase that led to the loft, where they slept. He changed into a pair or sweatpants and a comfortable long-sleeved shirt and tumbled onto the bed. He was reading for pleasure for the first time in recent memory. He had chosen Gabriel García Márquez, on the advice of one of his colleagues, and opened the book to where he had left off in *One Hundred Years of Solitude*. Monica had complimented him on his choice of reading materials on the airplane on the way over, saying how much she had loved the book. When he read it he felt like somehow he was exploring her mind -- vast, mystical, inaccessible.

Monica filled the teapot with water from the sink and lit the stove with a match. She hadn't meant to insult Rickman, but she knew she wouldn't be planning for retirement either. Actually, she felt like she was planning for retirement now, a retirement without a 401K or Social Security benefits. She brooded as she watched the water boil, and finally went to a drawer in the living room/hallway area and pulled out her stack of postcards. She arranged them neatly on the table and stared at them until she heard the kettle whistle. Slowly, she arose and poured herself a cup of tea.

Abstractedly she played with the string and bounced the tea bag up and down in the water. She looked at her postcards and thought hard about who her friends were. There were childhood friends, Veronica and Lisa. There was Bobby, an old boyfriend turned pseudo-friend. Parents, of course. Aunts, uncles, cousins, all who'd be at her funeral. But who were her friends? Patty in Chicago for sure. They had been friends for almost eleven years. And Dustin and Theo and Laura from the theater crowd. But in this light she suddenly saw Rickman differently. Nobody in Chicago knew that she

avión cuando venían, contándole cuánto le había gustado a ella el libro. Al leerlo, él sentía como si de alguna manera estuviese explorando la mente de ella, vasta, mística e inaccesible.

Mónica llenó la tetera con agua del grifo y encendió la hornalla de la cocina con una cerilla. No fue su intención insultar a Rickman, pero sabía que ella no llegaría a jubilarse. De hecho, se sentía como si estuviera haciendo planes para su jubilación ahora, una jubilación sin los beneficios de prestaciones sociales ni planes privados. Siguió rumiando sus preocupaciones mientas esperaba que el agua hirviera. Finalmente buscó la pila de tarjetas postales de un cajón en el área de la sala/pasillo. Las acomodó con prolijidad sobre la mesa y se quedó mirándolas fijamente hasta que la tetera empezó a silbar. Se levantó con lentitud y se preparó una taza de té.

Distraída, jugueteó con el hilo, haciendo saltar el saquito de té en el agua. Miró las tarjetas y se puso a pensar seriamente en quiénes eran sus amigos. Estaban las amistades de la infancia, Verónica y Lisa. Y Bobby, un ex novio que había pasado a ser un cuasi amigo. Sus padres, obviamente. Tías, tíos, primos, todos los que irían a su funeral. ¿Pero quiénes eran sus amigos? Patty en Chicago, sin duda. Llevaban casi once años siendo amigas. Y Dustin y Theo y Laura del grupo de teatro. Pero al pensar en todo esto, de repente vio a Rickman de otra manera. Nadie en Chicago sabía que ella tenía cáncer. Todos la seguían tratando exactamente de la misma manera, como si el tiempo sobrara. Solamente Rickman había invertido el tiempo, sus propias vacaciones, en tratar de llegar a conocerla. Sabía que tenía sus propios motivos, no era tan ingenua, pero aun así, le había pedido que viniera a Italia, con todos los gastos pagados, porque creía que ella valía la pena. Si sólo pudiera calmarse un poquito...

had cancer. Everyone treated her exactly the same way, like there was all the time in the world. Only Rickman had taken the time, his own vacation time, to try to get to know her. She knew he had his own agenda. She was not naïve. But even still, he had asked her to come to Italy, all expenses paid, because he thought she was worth the trouble. Now, if only he would calm down a little…

Her thoughts wandered more and more lately, and this worried her. Her physical symptoms were still manageable, but she could feel her mind slipping from inner fatigue, and she could feel herself spacing out, though she was powerless to stop it. She had a prescription for Percocet, which she had filled but hadn't used. She wanted to wait until the last possible moment, until the pain was unbearable. She picked up a postcard and looked at it for a long time. Finally she decided to write to her mother. She would address it to her mother and father, but it was always her mother who really wanted to listen.

Dear Mom & Dad,

In Monterosso, Italy, with Tom. The sea is lovely and the food is spectacular. One more week here and then we fly back to Chicago. We fly out of Rome. I've got news for you when I get back. No, it's not what you think.

Love you,
M

Su mente parecía divagar cada vez más últimamente y eso la preocupaba. Sus síntomas físicos eran manejables todavía, pero notaba que cuando tenía lapsus mentales por la fatiga interna y se daba cuenta de sus propias distracciones, aunque no podía evitarlas. Le habían dado una receta de Percocet y lo había comprado, pero todavía no lo había usado. Quería esperar hasta el último minuto posible, hasta que el dolor fuese insoportable. Tomó una postal y la miró por largo rato. Finalmente, decidió escribirle a su madre. Iba dirigida a su mamá y su papá, pero siempre era su mamá la que realmente tenía interés en escuchar.

Queridos mami y papi:

En Monterosso, Italia, con Tom. El mar es muy lindo y la comida espectacular. Otra semana aquí y nos volvemos a Chicago. Salimos en avión desde Roma. Tengo novedades para contarles cuando vuelva. Y no, no es lo que piensan.

Los quiero mucho.
M

Revisó su lista mental de gente, pero no tenía ganas de mandar postales. Apoyó el bolígrafo y tomó un sorbo de té, su mirada a la deriva posándose al fin en el cuadro del paisaje marino en la pared.

Vinieron a Monterosso sin reservas, saliendo de Roma por tren directamente desde el aeropuerto. Mónica hablaba español con fluidez, algo que dejó atónito a Rickman cuando la escuchó por primera vez hablándole al taxista y se dio cuenta de que podía hacerse entender por los italianos lo suficiente como para comunicar sus necesidades básicas. Hablaba español

She scanned the list in her head, but she wasn't in the mood to send greeting cards. She put the pen down and sipped her tea, her eyes drifting to the seascape hanging on the wall.

They had come to Monterosso without reservations, leaving Rome by train directly from the airport. Monica spoke Spanish fluently, a fact that astounded Rickman when he first heard her talk to the cabbie and realized that she could get her point across well enough to Italians to communicate her basic needs. She spoke Spanish with a passion and a directness he hadn't experienced in her English, and something inside him moved.

They had talked about the Vatican, and about other sites in Rome, but decided to go directly to Cinque Terre and relax. The first two days had been novel for both of them, taking in new sights, sounds, smells, and of course the wonderful, fresh food. They shopped in the markets like newlyweds – for food, coffee, tea, all the things they'd need in the apartment for ten days. Rickman was shocked by his own bliss. Never had he felt so domestic, and happy with it. He thought of Jennifer, his girlfriend in medical school. Now she was Dr. Engel, married and on maternity leave with her first child. They had talked about dreams, visions, children, but Rickman knew, and eventually Jennifer knew, that he was serious only about his education, his work. Family and marriage were an abstraction, one that only worked when placed inside the context of a quality residency and an eventual surgery practice. Rickman had said when he was 25 that he wouldn't even think about marriage until he was 35. Jennifer said that was too long to wait, and within a year the relationship crumbled. Rickman responded by turning his studies up a notch, winning scholarships and landing fellowships. His heart was a wasteland. And he knew it. The day he turned 35 the vow he made to Jennifer came

con una pasión y una franqueza que no le había escuchado en inglés y algo en su interior se movilizó.

Habían hablado del Vaticano y otros lugares en Roma, pero decidieron ir directamente a Cinque Terre y relajarse. Los primeros dos días, todo había sido una novedad para ambos, absorbiendo los nuevos paisajes, sonidos, olores y, por supuesto, la increíble comida fresca. Parecían recién casados en sus excursiones a los mercados, comprando comida, café, té, todo lo que iban a necesitar para estar diez días en el departamento. A Rickman le sorprendió su propia dicha. Nunca se había sentido tan hogareño y tan feliz al respecto. Pensó en Jennifer, su novia cuando estaba estudiando medicina. Ahora era la Dra. Engel, casada y con licencia por maternidad, esperando su primer hijo. Habían hablado de sus sueños, visiones, hijos, pero Rickman sabía, y Jennifer también llegó a entender, que a él sólo le importaba su educación y su trabajo. Tener una familia y casarse eran abstracciones que sólo funcionaban si encajaban en el contexto de una residencia médica de calidad y, con el tiempo, su práctica de cirujano. Cuando tenía 25 años, Rickman dijo que ni si quiera pensaría en casarse hasta que no tuviera 35. Jennifer había dicho que era demasiado tiempo para esperar y, en el lapso de un año, la relación se había desmoronado. La respuesta de Rickman fue estudiar más, ganarse becas y pasantías. Su corazón era un páramo. Y él lo sabía. El día que cumplió 35, la promesa que le hizo a Jennifer volvió como un gato callejero y ahí estaba, dos años después, con Mónica, prácticamente una extraña que tomaba té y escribía postales a gente que él ni conocía.

Después de un rato, el silencio le pareció ridículo y Rickman se empezó a poner nervioso. Asomó la cabeza desde el *loft* y la llamó: —¿Mónica?

—Sí, Tom.

—¿Estás escribiendo?

back like a stray cat, and here he was, two years later, and Monica was only slightly more than a stranger, drinking tea and writing postcards to people he had never met.

After awhile the silence seemed ridiculous and Rickman grew restless. He hung his head over the loft and called down. "Monica?"

"Yeah, Tom."

"Are you writing?"

"No."

"Are you drinking tea?"

"No."

"Come to bed." He said it casually, because he had to, but inside he was quivering. He had never asked her outright to come to bed. He had always just waited to see whether she felt like staying over. He had never taken control.

She did not answer but got up out of her chair and walked over to the sink. She emptied the tea from her cup into the sink. Deliberately she turned the hot water on and ran her hands underneath. She took the sponge and daubed it with soap. Before scrubbing the teacup she extracted the tea bag, wrung it out into the sink, and threw it away. To Rickman, suspended, this process seemed deliberate and cruel. He pulled himself up from the loft and changed into his silk pajamas, the sexiest thing he could think of in the moment. He was agitated now, after asking Monica to come to bed and watching her spurn him for a clean teacup. Agitated, he got up and threw a silk robe on over his pajamas. He tried to breathe and calm himself down, and when he felt sufficiently calm, he descended the narrow spiral staircase, holding the banister and looking at his feet. He walked slowly and deliberately, each voluminous footstep warning Monica of his approach.

When he got to the bottom of the stairs he walked

—No.

—¿Estás tomando té?

—No.

—Ven a la cama. —Lo dijo como de paso, porque tenía que hacerlo así, pero en su interior temblaba. Nunca le había pedido directamente que viniera a la cama. Siempre había esperado a ver si ella tenía ganas de quedarse. Nunca había tratado de controlar esa situación.

Ella no respondió, pero se levantó de la silla y fue hasta la pileta de la cocina. Vació la taza de té en la pileta. Deliberadamente abrió el agua caliente y la dejó correr por sus manos. Tomó la esponja y la cubrió de detergente. Antes de refregar la taza, extrajo el saquito, lo escurrió en la pileta y lo tiró. A Rickman, que esperaba, este proceso le pareció deliberado y cruel. Se levantó del *loft* y se puso el pijama de seda, lo más sexy que se le ocurrió en ese momento. Ahora estaba nervioso, habiéndole pedido a Mónica que viniera a la cama y viéndola desairarlo por una taza limpia. Alterado, se levantó y se puso una bata de seda sobre el pijama. Intentó respirar y calmarse y cuando se sintió lo suficientemente tranquilo, bajó por las estrechas escaleras de caracol, agarrándose de la baranda y mirándose los pies. Caminó lenta y deliberadamente, avisando a Mónica que se acercaba con cada paso voluminoso que daba.

Habiendo llegado al último peldaño, caminó unos pasos más por el pasillo, pasando el baño, y entró a la cocina, donde estaba Mónica acomodando con esmero los platos en el escurridor. Observó sus brazos delgados y sus delicadas manos y muñecas sobresaliendo del sweater de felpilla negro, su pelo lacio azabache danzando sobre los omóplatos en respuesta a sus sutiles movimientos. Se le acercó por detrás en silencio y le puso una mano en el hombro derecho. Ella saltó sin querer.

—¿Qué pasa? —preguntó Rickman.

a few steps down the hallway past the bathroom and turned into the kitchen, where Monica was carefully arranging the dishes on the drying rack. He watched her thin arms and her delicate wrists and hands poking through her black chenille sweater, her straight black hair dancing over her scapulae in response to her subtle movement. He walked up behind her quietly and placed his hand on her right shoulder. She jumped involuntarily.

"What?" Rickman asked.

"You surprised me," she said, not turning to face him. "That's all."

Rickman found that hard to believe, having made enough noise on the steps to alert Monica of his approach. "Monica?"

She did not respond. Rickman took her shoulder with his hand and turned her around to face him. Her eyes were red and wet her face was stained with tears. Monica looked at Rickman as his expectation became incomprehension. "Sit down," she said through her tears. "I'll heat some water for tea."

"I don't want tea, Monica. What's wrong?"

"I want tea." She struggled back to the teapot, filled it, lit the match, went through the ritual. When the stove was lit she tried to sit down at the table, but Rickman stopped her.

"Come here. You're crying."

Monica walked over to the couch in the makeshift living room that narrowed into the hallway and sat next to Rickman, waiting. Rickman looked at her and fancied her a wounded sparrow. If he knew how he would have built her a nest and hunted her worms and protected her from predators, but all he could do was stare as he came to terms with a flood of motherly emotions taking over his insides. He reached out to her and touched her temple, underneath her hair. His

—Me sorprendiste —respondió ella, sin voltearse para mirarlo—. Eso es todo.

A Rickman le costó creerle, ya que había hecho suficiente ruido en los peldaños como para alertar a Mónica de su llegada. —¿Mónica?

Ella no respondió. Rickman la tomó por los hombros y la hizo girar para que lo enfrentara. Tenía los ojos rojos y la cara empapada en lágrimas. Mónica observó cómo Rickman pasaba de la expectativa a la incomprensión. —Siéntate —le dijo entre lágrimas—. Voy a calentar agua para un té.

—No quiero té, Mónica. ¿Qué pasa?

—Yo sí quiero un té. —Y vuelta con la tetera, a llenarla, prender la cerilla, repetir el ritual completo. Cuando la hornalla estaba encendida, trató de sentarse a la mesa, pero Rickman la detuvo.

—Ven aquí. Estás llorando.

Mónica se dirigió al sofá en la improvisada sala que terminaba estrechándose en pasillo y se sentó al lado de Rickman, esperando. Rickman la miró y la imaginó un gorrión herido. Si supiera cómo, le haría un nido, saldría a cazar gusanitos y la defendería de los predadores, pero lo único que podía hacer era mirarla a medida que asimilaba esa horda de sentimientos maternales que lo inundaban. Estiró su brazo y le tocó la sien, debajo del cabello. Cuando su mano, grande y fornida, le sostuvo la cabeza, de repente ella se derrumbó, dejando caer el peso de su cabeza y de todo su cuerpo en su mano. Él se acercó, ofreciéndole sus brazos, su pecho, en silencio y desconcertado. Ella se largó a llorar y él, sin saber qué hacer, la abrazó y esperó.

Mónica lloró e intentó convencerse de que iba a estar bien. Algunas personas sobreviven el cáncer, entran en fase de remisión y llevan vidas prácticamente normales. No estaba

large, sturdy hand cupped her head and suddenly she broke, the weight of her head and her body collapsing into his hand. He moved closer and offered his arms, his chest, in silence, in bewilderment. She cried and he, uncertain how to proceed, held on and waited.

Monica cried and tried to tell herself she'd be okay. Some people survive cancer, go into remission, and lead quasi-normal lives. She wasn't ready to die, wasn't ready to face any of it. She wasn't married, wasn't in love, wasn't even sure she had found anything in this life worth keeping. But that didn't mean she was ready to jump ship, abandon her search and fade into oblivion. Through her self-pity she thought about Rickman, a man she had been seeing for a few months, casually and with no grand plans, and about fate. When they made love three months ago she had felt a strange pain in her pelvis, and when she went to have it checked she got the answer that was farthest from her mind. Cancer. She tried to deny it, live as if nothing ever happened, but that quickly faded and she felt like she needed to tell someone she could trust. Aunt Linda, who lived in Miami, was the only one who knew. But now she needed someone who was strong enough to deal with it, to walk beside her while she endured whatever lay ahead. After assessing all of her friends, she realized that Tom Rickman was closer to her than anybody – not because she loved him, not because she promised him anything, but because they were on a different continent and they had pledged these ten days to each other, unconditionally.

The tea kettle screamed and Monica looked up at Rickman, surprised to find his eyes welled with tears. "I wish you hadn't put up the damned teapot," he said.

"Me neither," she said, a smile cracking her eyes and

lista para morirse, no estaba preparada para enfrentar nada de eso. No estaba casada, no estaba enamorada, ni siquiera estaba segura de haber encontrado nada que valiera la pena en su vida. Pero eso no quería decir que estuviera lista para desertar, abandonar su búsqueda y perderse en el olvido. En medio de su autocompasión, pensó en Rickman, un hombre con el que salía hacía un par de meses, nada serio y sin grandes planes para el futuro, y en el destino. Cuando hicieron el amor hacía tres meses ella sintió un dolor extraño en la pelvis y cuando fue a hacerse un examen, le dieron la respuesta que menos esperaba. Cáncer. Intentó negarlo, seguir viviendo como si no hubiese pasado nada, pero esa ilusión pronto se disipó y sintió la necesidad de contarle a alguien en quien pudiera confiar. La tía Linda, que vivía en Miami, era la única que sabía. Pero ahora necesitaba a alguien que fuera lo suficientemente fuerte como para lidiar con la enfermedad y acompañarla cuando ella enfrentara lo que le deparaba el futuro. Después de evaluar a todos sus amigos, se dio cuenta de que Tom Rickman estaba más cerca de ella que nadie, no porque lo amara, no porque le hubiese prometido nada, simplemente porque estaban en otro continente y se habían hecho la promesa mutua de darse esos días incondicionalmente.

La tetera chilló, Mónica miró a Rickman y se sorprendió al ver sus ojos anegados en lágrimas. —Ojalá no hubieses puesto la maldita tetera —le dijo.

—Sí, ya sé —dijo ella, con un atisbo de sonrisa en sus ojos y sus labios. Pero se levantó y preparó dos tazas de té, que trajo en una bandeja. Se quedaron sentados en silencio un rato, esperando que el té se enfriara. Fue Rickman quien finalmente dijo algo.

—Ojalá hablaras más.

Su comentario tomó a Mónica por sorpresa.

almost her lips. But she got up and poured tea for two, bringing it back on a serving tray. They sat in silence for a moment, waiting for the tea to cool. It was Rickman who finally spoke.

"I wish you'd talk more."

Monica was taken aback by this comment.

Rickman felt her unease and touched her face. "Sometimes I could stare at you all day, and never need a word from you. But right now I need to understand."

Monica looked at him and then down into her teacup. She sipped it and immediately spit it back into the cup. "Too hot," she said instinctively. And then, after a pause, "Graceful, wasn't it?"

Rickman looked at her and responded with a silence of his own. He could tell that Monica was being coy, but he didn't know why, and he didn't like it. Monica looked at him briefly and leaned over. She kissed him lightly on the mouth and pulled away, fluttering almost, lighter than air. "You're really kind," she said, and silenced his protest with her eyes. "You take me on this trip, all expenses paid, and then you have to put up with *this*."

"You've always been a mystery to me," he said, forcing a smile.

"But any woman would be. When's the last time you were madly in love?"

He thought of Jennifer and shuddered. His heart still went hot and cold when he had to deal with her memory unexpectedly. "Twelve years since she left."

Monica looked at him. "So you still love her then." It was a statement.

"I don't know how I feel. I'm afraid to look at it. I loved her then, and for awhile after she left."

"Why'd she go?"

Rickman notó su incomodidad y le tocó la cara. —A veces te podría mirar todo el día y no necesitar que digas una palabra. Pero ahora necesito entender.

Mónica lo miró y después bajó la vista a su taza de té. Tomó un sorbo, que inmediatamente escupió de nuevo en la taza. —Muy caliente —dijo instintivamente. Y luego, después de una pausa—, qué delicada, ¿no?

Rickman la miró y respondió con su propio silencio. Se daba cuenta de que Mónica estaba siendo evasiva, pero no sabía por qué y no le gustaba. Mónica lo miró fugazmente y se inclinó hacia él. Lo besó apenas en la boca y se alejó, casi revoloteando, etérea. —Eres realmente amable —le dijo ella, silenciando sus protestas con una mirada—. Me traes en este viaje, con todos los gastos pagados, y tienes que soportar esto.

—Siempre fuiste un misterio para mí —dijo él, forzándose a sonreír.

—Pero cualquier mujer lo sería. ¿Cuándo fue la última vez que estuviste perdidamente enamorado de alguien?

Pensó en Jennifer y tembló. El corazón todavía le saltaba en el pecho cuando su recuerdo se le presentaba inesperadamente. —Hace doce años que se fue.

Mónica lo miró. —Entonces todavía estás enamorado de ella. —Era una afirmación.

—No sé cómo me siento. Me da miedo analizarlo. La amé en su momento, y por un tiempo después de que se fue.

—¿Y por qué se iría?

—¿Por qué lo preguntas?

Mónica se detuvo por un momento. Le podía decir la verdad, que no quería hablar de ella. Tomó un sorbo de té, con mayor delicadeza esta vez, y decidió no hacerlo. —Porque quiero conocerte mejor.

Rickman la miró intrigado. Puso su taza de té en la mesa al lado del sofá y extendió su mano. Ella la tomó entre las

"Why are you asking?"

Monica paused for a second. She could tell him the truth, that she didn't want to talk about herself. She sipped her tea, a bit more evenly this time, and decided against it. "Because I want to get to know you better."

Rickman looked at her questioningly. He put his teacup on the table next to the couch and held out his hand. She took it in hers and again he felt her internal coldness. "I'm pretty easy to figure out."

"Really?"

"Yes. I get up, I work. I come home, I shower. I get up, I work. It goes on like that until one day I meet a woman, and though I don't see her very much, she helps me realize that work is just a façade. Work just protects me from going somewhere that I don't want to go."

"Where's that?"

"You know where that is. You're doing the same thing."

Monica looked into her teacup again, this time not meeting Rickman's eyes. Rickman moved toward her, and for a moment she thought he was going to kiss her. She would have let him, if he tried, but he took the teacup out of her hand and placed it next to his on the table. "See those cups?" he asked her. "Those cups are you and me. We stand there, trembling, steaming, yet each one is self-contained." He poured a little of his tea into her cup. "That is love. And I don't think either of us is ready to go there."

She looked at him, his hazel eyes and determined forehead, and suddenly he was different – wiser and more mature. His short curly hair looked more masculine, the intricate network of tendons and veins on his hands took on depth and definition. When he finally leaned over and kissed her it was a relief to them both – a chance to close their eyes

suyas y él nuevamente sintió su frialdad. —Soy bastante fácil de descifrar.

—¿En serio?

—Sí. Me levanto, trabajo. Vuelvo a casa, me baño. Me levanto, trabajo. Y así sigue hasta que un día conozco a una mujer y, a pesar de que no la veo demasiado, me ayuda a darme cuenta de que el trabajo es solamente una fachada. El trabajo no es nada más que una protección para no ir a donde no quiero.

—¿Y dónde es eso?

—Tú sabes a dónde. Estás haciendo lo mismo.

Mónica clavó la vista en su taza de té de nuevo, esta vez sin mirarlo a los ojos. Rickman se acercó a ella y por un momento pensó que la iba a besar. Lo hubiese dejado, si lo intentaba, pero él tomó la taza de té de su mano y la puso al lado de la suya en la mesa. —¿Ves esas tazas? —le preguntó—. Esas tazas somos nosotros. Estamos aquí, temblando, humeantes, pero cada uno en su propio espacio. —Volcó un poco de su té en la taza de ella—. Eso es amor. Y no creo que ninguno de los dos esté listo para dar ese paso.

Se fijó en sus ojos castaños y esa frente que denotaba determinación y de repente le pareció diferente, más maduro y más sabio. Su pelo rizado y corto le pareció más masculino, la intrincada red de tendones y venas en sus manos cobraron relieve y definición. Cuando finalmente se inclinó y la besó fue un alivio para ambos, una oportunidad de cerrar los ojos y dejarse caer en el abismo de sus respectivas fantasías.

A Mónica le gustaba la desesperación en sus besos, la voracidad que apuntalaba su deseo. La mano de él subió a acariciar su rostro y cuando bajó a su hombro y sobre su pecho, ella deseó poder aceptarlo por lo que era, un animal salvaje y hambriento. Mónica tenía la habilidad de suspenderse en el tiempo, de hacer un momento elástico. Era algo que nunca

and plunge through the abyss into their respective fantasies.

Monica liked the desperation in his kisses, the insatiability that formed the underpinnings of his drive. His hand came up to touch her face, and as it slid down to her shoulder and over her breast she willed herself to accept him for who he was – a hungry, wild animal. Monica had an ability to suspend herself in time, to make a moment elastic. It was something she had never succeeded in teaching a man, and as she kissed him a wave of sadness passed over her as she realized that she may never have the time to teach anyone the one thing she had learned in this world. Rickman, to her surprise, caught her wave and pulled his head back to look at her.

"What's wrong? Are you okay?" he asked, probing the brown in her impenetrable eyes.

"I'm fine," she stated flatly.

Rickman stood up and tightened the sash on his robe. "I wish you wouldn't take me for such a fool. I'm not nearly as obtuse as you think." He walked over to the refrigerator and took out some cheese. Opening the cabinet above the stove, he extracted a bottle of red wine, and found a loaf of bread on the countertop. "Want some wine?"

Monica shook her head no, and Rickman poured himself a full glass. He was on vacation, and reminded him of this fact mentally as he felt his blood starting to boil. This was his first visit to Italy, and with Monica's affection or without it, he was going to enjoy himself. He gulped his wine and broke off a chunk of bread. Sitting down at the dining room table, he cut a piece of fresh gorgonzola from the hunk and chewed forcefully, dissipating his anger and clearing his mind. He looked up and into the seascape hanging from the wall and the little caption in Italian underneath it. He looked back at Monica and tried to read her expression, but she had receded

le había podido enseñar a ningún hombre, y mientras lo besaba, la inundó una oleada de tristeza al pensar que quizás nunca tendría tiempo de enseñarle a nadie lo único que había aprendido en esta vida. Para su sorpresa, Rickman sintió su tristeza y echó la cabeza hacia atrás para mirarla.

—¿Qué pasa? ¿Estás bien? —le preguntó, buscando la respuesta en sus ojos insondables.

—Estoy bien —respondió ella en un tono inexpresivo.

Rickman se paró y se ajustó el cinturón de la bata. —Preferiría que no me tomes por tonto. No soy tan obtuso como tú crees. —Fue hasta el refrigerador y sacó el queso. Después abrió el mueble sobre la cocina y sacó una botella de vino tinto. Y encontró pan sobre la mesada—.¿Quieres vino?

Mónica negó con la cabeza y Rickman se sirvió una copa llena. Estaba de vacaciones, se recordó a sí mismo mentalmente al sentir que le empezaba a hervir la sangre. Era su primera vez en Italia y, con o sin el afecto de Mónica, lo iba a pasar bien. Se tomó el vino de un trago y cortó un pedazo de pan con la mano. Sentado a la mesa del comedor, cortó un trozo de gorgonzola y lo masticó con énfasis, disipando su enojo y despejando su mente. Levantó la vista y la fijó en el paisaje marino colgado en la pared que tenía una breve leyenda en italiano debajo. Miró de nuevo a Mónica e intentó leer su expresión, pero ella se había replegado hacia ese lugar que él no podía ni acceder ni comprender, por lo que hizo un último intento de rescatarla. —¿Quieres hablar al respecto?

Mónica miró a Rickman y se sintió paralizada. Quería hablar con él, por cierto, pero no creía que pudiera hablar de su cáncer sin derrumbarse por completo. Rickman ya tenía los nervios de punta respecto a su vida sexual desde la primera vez que habían hecho el amor. Mónica no había podido ocultar el dolor e incomodidad en su pelvis e intuyendo que

into a place he could neither access nor understand, so he made one last attempt to fish her out. "Do you want to talk about it?"

Monica looked at Rickman and felt paralyzed. She wanted to talk to him, certainly, but didn't feel like she could talk about her cancer without totally melting down. Rickman was already on edge about their sexuality from the first time they made love. Monica couldn't hide the pain and discomfort in her pelvis, and sensing Rickman's wounded reaction, felt compelled to make up a story about not having had sex in a long time. Rickman bought the story, but not without a little suspicion. She wished she could tell him everything, because she really didn't want to endure it alone, and he was so giving when someone else's health was at risk. All of his training came to the fore, and he became a shining angel of compassion. But Monica did not want that impersonal angel, she wanted someone to hold her and love her and make her meals if she got too sick and stand guard over her while she wrestled the Angel of Death. She looked at him through the shroud of these thoughts and nodded.

She stood up and his eyes followed her as she crossed to the cabinet and found herself a wine glass. She held it out for him to fill, and he poured slowly, looking into her averted eyes. As a general rule, Rickman loathed not understanding – to him there was always a right answer that could be found when the right questions were asked. Since meeting Monica his theory had been seriously questioned, however. Either he was incapable of asking the right questions or Monica was impossible to understand.

Monica sat and sipped her wine slowly, languidly. They sat in silence for a few minutes more before Rickman stood up and turned on the radio. Hearing the strains of unintelligible Italian wafting across the room on currents of

Rickman reaccionaría sintiéndose lastimado, se sintió obligada a inventar el cuento de que hacía mucho que no tenía sexo. Rickman le creyó, pero no sin sospechar algo. Deseó poder contarle todo, porque realmente no quería tener que pasar por esto sola y él era tan generoso cuando estaba en juego la salud de los demás. Era cuando salían a relucir sus años de capacitación y se convertía en la personificación del ángel de la compasión. Pero Mónica no quería a ese ángel impersonal, quería a alguien que la abrazara y la quisiera y que le preparara la comida si estaba demasiado enferma y que hiciera guardia a su lado mientras ella luchaba contra el Ángel de la Muerte. Lo miró a través del velo de estos pensamientos y asintió con la cabeza.

Se paró y la mirada de él la siguió mientras se dirigía al mueble y tomaba una copa de vino. La sostuvo frente a él para que se la llenara y él lo hizo despacio, mirándola a los ojos, mientras ella evitaba su mirada. Por regla general, Rickman detestaba no entender algo, para él siempre se podía encontrar la respuesta correcta cuando se hacían las preguntas correctas. Pero desde que conocía a Mónica había empezado a cuestionar su teoría seriamente. O él no era capaz de hacer las preguntas correctas o Mónica era imposible de entender.

Mónica se sentó y empezó a sorber su vino despacio, lánguidamente. Se quedaron sentados en silencio por unos minutos más hasta que Rickman se levantó y encendió la radio. Al escuchar los compases en italiano flotando en la habitación en correntadas de un jazz suave, se preguntó cuánto entendería Mónica por saber español y si estaría prestando atención en realidad o totalmente perdida en su mar privado que él intentaba navegar sin mapas ni instrumentos de navegación. Por primera vez desde que llegaron a Europa, y quizás por primera vez desde que había conocido a Mónica, Rickman se

light jazz, he wondered how much of the language Monica understood through her knowledge of Spanish; and whether she was listening at all, or totally adrift in a private sea whose geography he traversed with no maps and no instruments of navigation. For the first time since landing in Europe, and perhaps for the first time since meeting Monica, Rickman felt content to wait her out. He wanted to connect with Monica, with anyone for that matter, but he could no longer push her to a place where he now felt certain she wasn't willing to be led. He sipped the chianti slowly, savoring the quality of the Italian wine and the sharpness of the gorgonzola cheese. He laughed inwardly, remembering that *this* was what money was for – for spending and for enjoying life. He wondered what had taken him so long to realize that, and whether he had spent all his time working and studying to avoid the badlands of the heart.

Monica looked at Rickman and his self-satisfied little smile as he sipped his wine. "What are you thinking about?" she asked him.

Rickman looked at her incredulously. He had wanted to know the same thing, but couldn't figure out how to ask. Monica could be silent and aloof, but when she wanted something she knew exactly how to ask for it. "I'm thinking about my life," he said vaguely. "What have you been thinking about? Why were you crying?"

Monica instinctively looked away, but after a sip of wine and a few seconds to regroup, she looked at him and put her glass on the table. "I'm thinking about my life, too." She paused. "I'm thinking about the little circles I move in, and now that I'm away, I'm thinking about how those little circles can and will function without me."

"And that upsets you?" Rickman half-suggested and half-stated.

211

sintió satisfecho de esperarla. Quería conectarse con Mónica, con cualquier persona en realidad, pero ya no podía empujarla hacia un punto donde, ahora estaba seguro, ella no quería que la llevaran. Sorbió su Chianti despacio, saboreando la calidad del vino italiano y la intensidad del queso gorgonzola. Sonrió para sus adentros, recordando que esto era exactamente para lo que estaba el dinero, para gastarlo y disfrutar de la vida. Se preguntó por qué se había demorado tanto en darse cuenta y si se había pasado todo el tiempo trabajando y estudiando para evitar las tierras yermas del corazón.

Mónica notó la pequeña sonrisa de satisfacción propia en el rostro de Rickman mientras sorbía su vino y le preguntó:
—¿En qué estás pensando?

Rickman la miró incrédulo. Él quería saber lo mismo, pero no encontraba la manera de preguntárselo. Mónica podía ser callada y distante, pero cuando quería algo, sabía exactamente cómo pedirlo. —Estoy pensando en mi vida —respondió él vagamente—. ¿En qué estabas pensando tú? ¿Por qué llorabas?

Instintivamente, Mónica miró para otro lado, pero después de un sorbo de vino y unos segundos para recuperarse, lo miró de frente y puso la copa en la mesa. —Yo también estoy pensando en mi vida. —Hizo una pausa—. Estoy pensando en los pequeños círculos en los que me muevo y ahora que estoy lejos, pienso en cómo esos pequeños círculos pueden seguir y de hecho seguirán funcionando sin mí.

—Y eso ¿te molesta? —mitad dijo y mitad sugirió Rickman.

—De cierta forma, sí. Invertimos toda la vida en gente y cosas y después cuando no estamos, esas personas y cosas continúan sin nosotros.

—Pero eso es lo normal, ¿no? Hay más de seis mil millones de personas en el planeta. ¿Qué pasaría si todos se detuvieran porque tú no estás?

"In a way it does. You invest your whole life in people and things and then you go away and those people and things go on without you."

"But that's to be expected, is it not? There are over six billion people on the planet. What happens if they all stop because you go?"

"Of course they can't stop." Monica said abruptly.

Rickman looked at her enigmatically. He sipped his wine. "I'm here, too, halfway across the globe, and I'm glad those people I work with can go on without me. I'm so used to carrying the whole world on my shoulders. It's refreshing to know that the world can take care of itself for a little while."

Monica did not respond. She sipped her wine and pointed to the bread, which Rickman gave to her. She pulled a chunk off and chewed slowly. Rickman watched her eat, bewildered, and then it hit him, an intuitive flash that struck him like lightning: she was terminal. The morose way she had been talking, the crying, the internal coldness, the reticence to speak, kiss, or make love. He tried to shake the flash off with the power of his mind, but after a few seconds of helpless wrestling he realized it was too strong to deny. He held his tongue and watched her for signs of the veracity of his revelation. Now that he was looking for it, her eyes seemed tired and creased, her hair lacked the luster he imagined it to have when they first met.

Monica felt a throbbing in her pelvis, in the bone, and fought off the urge to cry and down a Percocet. "I know the world will go on without me," she said. "I just wish sometimes like I felt more a part of it."

Rickman got up and walked across the table to her. He held her hands and lifted her up from her chair into his arms, allowing no resistance or apprehension. He hugged her and kissed the side of her neck, beneath her earlobe. He leaned

—Claro que no se pueden detener —dijo Mónica de manera abrupta.

Rickman la miró con curiosidad. Tomó otro sorbo de vino. —Yo también estoy aquí, a medio mundo de distancia de mi mundo, y me alegra que las personas con las que trabajo puedan continuar sin mí. Estoy tan acostumbrado a llevar todo el peso sobre mis hombros. Es un alivio saber que el mundo puede cuidarse solo por un tiempo.

Mónica no respondió. Tomó un poco de vino y señaló el pan, que Rickman le pasó. Cortó un pedazo con la mano y lo masticó lentamente. Rickman la observó comer, perplejo, y fue en ese momento que cayó en la cuenta, en un destello de intuición que lo golpeó como un rayo: Mónica se estaba muriendo. Su manera taciturna de hablar, el llanto, la frialdad interna, la reticencia a hablar, besar o hacer el amor. Intentó descartar su golpe de intuición con el poder de su mente, pero después de unos segundos de inútil lucha interna, se dio cuenta de que era demasiado evidente como para negarlo. No dijo nada y la observó para detectar señales que corroboraran la revelación que acababa de tener. Ahora que las buscaba, sus ojos parecían cansados y ajados, su pelo no tenía el brillo de cuando recién se conocieron.

Mónica sintió una puntada en la pelvis, en el hueso, y luchó contra el deseo de llorar y tomarse un Percocet. —Ya sé que el mundo va a seguir sin mí —dijo—. Simplemente me gustaría a veces sentirme más parte del mundo.

Rickman se puso de pie y se dirigió hacia donde estaba ella, al otro lado de la mesa. Le tomó las manos y la hizo levantarse de la silla hasta quedar en sus brazos, sin permitir ningún tipo de resistencia o aprensión. La abrazó y le besó el cuello, debajo del lóbulo de la oreja. Luego le susurró en el oído: —Me gustaría ser parte de tu mundo, si me dejas. Vamos a la

over and whispered in her ear, "I'd like to be a part of your world, if you'd let me. Come to bed, Monica." He led Monica up the narrow spiral staircase, trailing her behind him, holding her hand in one hand and the wine bottle and glass in the other. Monica acquiesced without a whimper, hoping that maybe he had read between the lines and understood what she was really saying. She sighed audibly as she released some of the pressure that had been building up inside her. They reached the top of the staircase and Rickman twirled her into his arms and kissed her hard. She let him kiss her and threw her arms around his neck. He scooped her up into his arms, reaching a hand under her knees and lifting. To Rickman she felt very light, almost frail. He softened his kisses and she responded by caressing his neck with her hand, running her fingers through his hair and his gold chain. He deposited her on the bed and began taking his robe off when she interrupted him. "Let me go to the bathroom."

She slid out of bed and down the stairs. Rickman took off his robe and hung it in the closet, waiting and wondering. She felt light, lighter than he remembered the last time they made love, which he estimated to be about two weeks prior, maybe three. It disturbed him.

Monica went into the bathroom and shut the door. She turned on the faucet over the sink and sat on the lid of the toilet. She opened her cosmetic bag and pulled out her prescription of Percocet. After staring at it for a long time, she doused her face with water and filled a cup. She downed her first painkiller, half the dosage, and looked in the mirror. Her eyes seemed tired, her face was drawn and her cheekbones were protruding. She saw herself wasting away, even though she was pretty sure it was too subtle for anyone else to notice. She tried to be strong, to fight the tears and surrender to the

cama, Mónica. —Hizo que lo siguiera por la estrecha escalera de caracol, dándole una mano y llevando la botella de vino y la copa en la otra. Mónica consintió sin quejarse, esperando que él hubiese leído entre líneas y entendido lo que ella realmente estaba diciendo. Suspiró de forma audible al dejar escapar un poco de la presión que había venido acumulándose en su interior. Llegaron a la punta de la escalera y Rickman la hizo girar en sus brazos y la besó con fuerza. Ella lo dejó besarla y rodeó su cuello con sus brazos. Él la levantó en brazos, poniendo un brazo debajo de sus rodillas y alzándola. A Rickman le pareció muy liviana, casi frágil. Suavizó sus besos y ella respondió acariciándole el cuello con su mano, entrelazando sus dedos en su cabello y su cadena de oro. La depositó en la cama y empezó a sacarse la bata cuando ella lo interrumpió. —Déjame ir al baño.

Se deslizó de la cama y bajó las escaleras. Rickman se quitó la bata y la colgó en el armario, esperando, lleno de dudas. Le pareció liviana, más liviana de lo que recordaba la última vez que habían hecho el amor, que creía que había sido unas dos semanas antes, quizás tres. Eso lo preocupó.

Mónica fue al baño y cerró la puerta. Abrió el grifo de la pileta y se sentó sobre la tapa del inodoro. Abrió su bolsa de cosméticos y sacó el frasco de Percocet. Después de mirarlo fijamente por largo rato, mojó su rostro con agua y llenó un vaso. Se tomó el primer analgésico, la mitad de la dosis, y se miró en el espejo. Sus ojos se veían cansados, su rostro demacrado y le sobresalían los pómulos. Vio cómo se estaba consumiendo, si bien estaba casi segura de que era demasiado sutil para que alguien más lo notara. Intentó ser fuerte, vencer las lágrimas y entregarse al momento. Tom Rickman la deseaba. Ella quería ser deseable. Tiró el inodoro y subió. Él ya había apagado las luces. Ella se puso un camisón y se metió en la cama al lado de él.

moment. Tom Rickman wanted her. She wanted to be wanted. She flushed the toilet and went back upstairs. He had already turned out the lights. She changed into a nightgown and crawled into bed beside him.

They made love slowly, Monica revealing her body in deliberate phases. She needed the Percocet to kick in before she felt truly comfortable giving herself to him. Rickman was anxious. He was rough at first, but Monica coached and coaxed him, and by the time he found himself inside her, she had tamed the tiger. Rickman was soft and gentle, letting Monica climb on top of him and control the action. Throughout all their lovemaking, Monica was silent, down to her breathing. They made eye contact rarely, and by the way she moved from beginning to end, Rickman emerged after orgasm certain that the intuition he had had regarding Monica's health was not a flight of fancy but absolute truth.

They woke up the next morning, their fourth in Italy, to a cloudy haze that filtered in through the windows and awoke Rickman first. He looked at Monica, sleeping naked on her side. She was in the fetal position, facing away from him and towards the window. The sheet came up to the middle of her ribcage, and seeing her in the light, he was certain she had lost weight since he last saw her naked. He was overcome with pity and a certain sadness. Her distance made total sense to him now. In the serenity of her sleep he saw her as a disembodied spirit contemplating the hereafter, making peace with her earthly existence and preparing for whatever came next. He realized then that he had never thought much about what came next, and found it difficult to put himself in her shoes. Getting out of bed quietly, He slipped on a robe and tiptoed down the spiral staircase to make breakfast. They had only instant coffee

217

Hicieron el amor despacio, Mónica revelando su cuerpo en fases deliberadas. Necesitaba que el Percocet empezara a hacer efecto antes de poder sentirse realmente cómoda entregándose a Tom. Rickman estaba ansioso. Al principio fue brusco, pero Mónica le fue mostrando qué hacer y lo fue persuadiendo y, para cuando llegó a penetrarla, había logrado domar el tigre. Rickman terminó siendo dulce y sumiso, dejando que Mónica lo montara y controlara la acción. Durante todo el acto sexual, Mónica estuvo callada, solamente se escuchaba su respiración. Pocas veces se miraron a los ojos y por la manera en que ella se movió desde el principio hasta el final, Rickman emergió de su orgasmo convencido de que la intuición que había tenido acerca de la salud de Mónica no había sido sólo su imaginación sino que era la verdad absoluta.

Al día siguiente, su cuarto día en Italia, amaneció nublado y con una neblina que se filtró por la ventana y despertó a Rickman primero. Miró a Mónica que dormía desnuda de costado. Estaba en posición fetal, de espaldas a él y mirando hacia la ventana. Las sábanas la cubrían hasta la mitad de las costillas y, al verla a plena luz del día, estaba seguro de que había bajado de peso desde la última vez que la había visto desnuda. Lo abrumó la pena y una cierta tristeza. Ahora entendía perfectamente por qué había estado tan distante. En la calma de su sueño, la vio como a un espíritu incorpóreo contemplando el más allá, haciendo las paces con su existencia terrenal y preparándose para lo que pudiera venir después. En ese momento se dio cuenta de que nunca se había detenido a pensar demasiado en qué venía después y le costó ponerse en el lugar de ella. Salió de la cama sin hacer ruido, se puso la bata y bajó las escaleras en puntas de pie para preparar el desayuno. Solamente tenían café instantáneo en el departamento, no había

in the flat, no coffee maker, so he heated the water in a pot, eschewing the teapot for fear its whistle might wake her.

He liked the European light breakfast, but this morning, after sex, he wanted a homestyle American meal. He wanted bacon and eggs. Monica didn't eat meat, so he'd skip the bacon. But eggs were a definite must. He opened the refrigerator and looked inside. Yogurt, cheese, milk, jelly, Nutella – he pulled them all out. But there were no eggs. They hadn't bought any in their trips to the market. After turning off the stove, he went quietly to his suitcase and pulled on some pants and a T-shirt. He wrote Monica a little note, in case she woke up, and went out to get some eggs.

He walked out into the morning air, later than he would normally awaken at home. The smell of the sea filled his nostrils and he lifted his head a little higher to greet it. From the flat it was a short walk to the markets, and he took the time to look at the terraced apartments of the locals, the old bicycles sitting without locks and chains against walls and doors, the people milling about speaking passionate Italian. He nodded good morning to anyone who would look at him, and pulling a piece of chewing gum out of his pocket to freshen his breath, he strolled down the one main lane that led to the waterfront.

He passed a vegetable stand and bought five red potatoes and a white onion. He bought some asparagus, too, as an afterthought, because he knew Monica loved it and because it looked so plump and so fresh and so good. He took his time at the markets, passing from the vegetable stand to the *panetteria*. The fresh baked bread every morning was, for Rickman, the defining characteristic of Europe's gustatory superiority over America. He thought with disdain how many mornings he had downed a quick bagel and some cheap coffee while scrambling to the hospital for another day of work. Here, in Cinque Terre,

cafetera, así que puso a calentar el agua en una olla, evitando la tetera por miedo a que su silbido la fuera a despertar.

Le gustaba el desayuno liviano estilo europeo, pero esa mañana, después de una noche de sexo, quería un desayuno al estilo americano. Quería tocino y huevos. Mónica no comía carne, así que no iba a incluir tocino. Pero definitivamente quería huevos. Abrió el refrigerador y se fijó qué había. Yogurt, queso, leche, jalea, Nutella. Sacó todo, pero no había huevos. No habían comprado huevos en ninguna de sus excursiones al mercado. Después de apagar la cocina, fue hasta su maleta sin hacer ruido y sacó unos pantalones y una camiseta. Le escribió a Mónica una breve nota, por si se despertaba, y salió a buscar huevos.

Caminó en el aire matutino, más tarde de lo que normalmente se levantaría en su casa. El olor del mar le llenó las fosas nasales y levantó la cabeza un poco más para darle la bienvenida. Desde el departamento era una caminata corta hasta los mercados y se tomó el tiempo de mirar las hileras de departamentos de la gente que vivía ahí, las bicicletas viejas sin cadenas, apoyadas contra paredes y puertas y la gente en grupos hablando apasionadamente en italiano. Saludó con la cabeza en señal de buenos días a cualquiera que lo mirara y sacando un chicle de su bolsillo para refrescar su aliento, continuó a paso tranquilo por la calle principal que llevaba a la vera del mar.

Pasó frente a un puesto de verduras y compró cinco papas coloradas y una cebolla blanca. Compró espárragos también, porque sabía que a Mónica le encantaban y porque se los veía tan gruesos, frescos y apetecibles. Se tomó su tiempo en los mercados, pasando del puesto de frutas y verduras a la *panetteria*. El pan fresco recién horneado cada mañana representaba, para Rickman, la principal característica que marcaba la superioridad gastronómica de Europa respecto de

he had made breakfast a sacrament, and it changed the tone of his days. He ordered a steaming loaf of bread for the two of them and a fresh roll for himself, and biting into it, he closed his eyes and gave thanks for the wisdom granted him in his decision to take this trip. He bought eggs in a modern-style market, not quite a supermarket in size and scope but larger than anything else in the village. He walked home quickly, but not too quickly, so the bread would still be warm for Monica.

Turning the key to the apartment, Rickman heard the shower running. Monica was awake. Rickman turned on the radio and went upstairs, taking off his clothes and changing back into his silk robe. He descended again, lit the stove, and began chopping the potatoes and the onions. When that was finished he poured a little olive oil in the pan and dipped some bread into it. Oh, that oil!

Twirling from the kitchen to the bathroom like a dancer, he knocked on the bathroom door. "Coffee or tea?" he shouted above the noise of the shower. "Tea," she answered. "Eggs fried or scrambled?"

"No eggs, thanks." Monica turned off the shower and opened the door a crack. He peeked his head in and kissed her.

"Good morning, Monica. I love Italy. How'd you sleep?"

"Great. I'll be out in a minute." She closed the door and Rickman went to work preparing breakfast. Monica took a towel from the rack and dried her body, examining herself closely in the mirror. She thought she looked a little bit thinner, but she thought the color of her skin had improved since coming to Italy, and this morning, after a good rest, her eyes had regained some of their sparkle. Her pelvis ached, and she downed one more painkiller. She didn't want to be completely spaced out. She wanted to try to be present, and take it one day at a time. From the moment she woke up this morning she was aware that something inside of her had shifted. She

los Estados Unidos. Pensó con desdén en cuántas mañanas se había tragado un *bagel* a las apuradas con un café barato mientras corría hacia el hospital para otro día de trabajo. Aquí, en Cinque Terre, había hecho del desayuno un ritual sagrado, y eso había cambiado el tono de sus días. Pidió una hogaza de pan aún humeante para los dos y un bollo para él y dándole una mordida, cerró los ojos y agradeció haber tenido el buen tino de hacer este viaje. Compró huevos en un mercado más moderno que no llegaba a ser un supermercado en tamaño y variedad, pero era mucho más grande que cualquier otro en el pueblo. Caminó de regreso al departamento deprisa, pero sin apurarse demasiado, para que el pan estuviese aún caliente cuando llegara para Mónica.

Al girar la llave en la cerradura, Rickman escuchó la ducha. Mónica estaba despierta. Rickman encendió la radio y subió al piso de arriba, sacándose la ropa y volviendo a ponerse la bata de seda. Bajó nuevamente, encendió la cocina y empezó a picar la cebolla y cortar las papas. Cuando terminó, vertió un poco de aceite de oliva en la sartén y mojó el pan. ¡Oh, ese aceite!

Haciendo piruetas de bailarín fue de la cocina al baño y tocó la puerta. —¿Café o té? —gritó por encima del ruido de la ducha. —Té —respondió ella. —¿Los huevos fritos o revueltos?

—No quiero huevos, gracias. —Mónica cerró el grifo y abrió un poquito la puerta. Él metió la cabeza y la besó.

—Buen día, Mónica. Me encanta Italia. ¿Dormiste bien?

—Muy bien. Salgo en un minuto. —Cerró la puerta y Rickman se fue a preparar el desayuno. Mónica tomó una toalla del estante y se secó el cuerpo, examinándose cuidadosamente en el espejo. Se la veía un poco más delgada, pero le pareció que el color de su piel había mejorado desde que vino a Italia, y sus ojos volvían a tener un poco de su chispa natural. La pelvis

was hungry too, a good sign, and she dressed herself in a loose blouse and comfortable pants. With her hair still wet she opened the bathroom door, releasing a cloud of steam, and joined Rickman in the kitchen.

She looked at him and felt truly grateful for his presence. He was cooking with gusto, every movement of his body suggesting happiness and abandon of his spirit to Monterosso's charms. He looked at her and smiled. His smile was radiant, and it uplifted her. The water boiled and Rickman poured some into a teacup for Monica, handing her an assortment of teabags and slices of lemon on a trivet that he had prepared while she was in the shower. He looked at her with the unmistakable sparkle of afterglow and winked playfully. While preparing his eggs, he belted out a wretched caricature of Pavarotti, singing nonsense Italian in a painful voice. Monica burst out laughing, and Rickman, overcome by the rare treasure he had won, slid behind her and kissed the nape of her neck. "*Bongiorno, bellissima*," he whispered in an affected accent, and returned to cooking his breakfast. Monica smiled and steeped her tea.

Breakfast was a silent affair, both content to revel in the peace they had achieved. Monica ate muesli and yogurt, and Rickman had a breakfast fit for three people. He made noises while he ate, childlike noises of satisfaction and delight, and Monica laughed inwardly. It came out as a smile, and Rickman felt a sense of personal victory which had eluded him for a long time. He had connected with a person, a living, breathing human being willing to give her love -- or at least her body and her time. He looked at her gratefully as he took a sip of tea.

"I'd like to hike to Vernazza today," he said. "I want to get my mother that scarf we saw."

Monica looked out the window. "Okay. It might rain though."

223

le dolía y tomó un solo analgésico. No quería estar totalmente ausente. Quería intentar estar presente, tomarse un día a la vez. Desde que se despertó esa mañana tenía conciencia de que algo en ella había cambiado. Y tenía hambre también, una buena señal. Se puso una blusa suelta y unos pantalones cómodos. Con el cabello todavía mojado abrió la puerta del baño, liberando una nube de vapor, y fue a la cocina donde estaba Rickman.

Lo miró y se sintió realmente agradecida por su presencia. Estaba cocinando con ganas, cada movimiento de su cuerpo demostraba felicidad y abandono de espíritu a los encantos de Monterosso. La miró y le sonrió. Su sonrisa era radiante y le levantó el ánimo. El agua hirvió y Rickman vertió un poco en una taza de té para Mónica, pasándole una selección de saquitos de té y rodajas de limón en un salvamanteles que había preparado mientras ella se duchaba. La miró con ese inequívoco brillo de satisfacción y le guiñó el ojo, travieso. Mientras se preparaba los huevos, cantó a viva voz imitando malísimamente a Pavarotti, pretendiendo usar palabras en italiano y con una voz que hacía doler los oídos. Mónica se largó a reír y a Rickman lo invadió tal sensación de felicidad por haber logrado esa preciada reacción, que se deslizó detrás de ella y le besó la nuca. —*Bongiorno, bellissima* —le susurró con un acento fingido y siguió preparando su desayuno. Mónica sonrió y dejó que el saquito de té se remojara.

El desayuno fue un evento silencioso, ambos contentos disfrutando de la paz que habían logrado. Mónica comió muesli y yogurt y Rickman desayunó por tres personas. Hacía ruidos al comer, ruidos infantiles de satisfacción y gusto y Mónica rio para sus adentros. Se exteriorizó como una sonrisa y a Rickman lo inundó esa sensación de victoria personal que hacia tanto tiempo lo venía eludiendo. Había logrado conectarse con otra persona, un ser humano vivo dispuesto a darle su amor, o por

"We'll bring an umbrella. Or we'll take the train if it really pours."

That was all that was spoken. They ate and cleaned and dressed and they were out the door. They held hands as they walked through Monterosso, the path to Vernazza being on the opposite side of town. Monica watched the old couples walking hand in hand in perfect harmony, painfully slowly, just enjoying their time. An old man wore a sunhat and his wife wore an outdated little jacket. They were perfect tourists and they could have been from anywhere. She invented a game. She tried to guess what language the old people spoke before she was close enough to hear them talking.

They got to the path that in about seventy minutes would get them to Vernazza. The sky was overcast but holding out, and the path was relatively devoid of tourists. They walked quietly, hand in hand, along the path carved out of the hillside. They each took in what interested them – the houses in seemingly random places along the slope, each with its own garden, and some with personal vineyards, vines trellised for maximum growth. At certain bends in the path the view opened onto the water, which cut its way into the jagged coastline at scenic, unpredictable intervals. The waves were calm, like the water was waiting for something to happen. Monica stopped and took pictures at various points along the way, and at one point Rickman stopped a German couple and asked them to take a picture of the two of them. Monica blushed a bit, but she put her arm around him and smiled for the camera.

When they arrived in Vernazza she was hungry. He had eaten a full breakfast, but she always ate light in the morning, even in the States. "Have you ever had *gelato*?" he asked her.

"No, have you?"

"No, but everyone told me to try it when I'm here."

lo menos su cuerpo y su tiempo. La miró agradecido mientras tomaba su café.

—Me gustaría caminar hasta Vernazza hoy —dijo—. Le quiero comprar a mi madre ese pañuelo de seda que vimos.

Mónica miró por la ventana. —Bueno, pero parece que va a llover.

—Llevamos paraguas. O podemos tomar el tren si llueve a cántaros.

Y eso es todo lo que se dijeron. Comieron y limpiaron todo, se vistieron y salieron. Caminaron por Monterosso tomados de la mano, hacia el camino a Vernazza que quedaba en el lado opuesto del pueblo. Mónica observó a las parejas de ancianos caminando de la mano en perfecta armonía, con gran lentitud, simplemente disfrutando de su tiempo. Un viejito llevaba un sombrero de ala ancha y su esposa tenía puesto un saquito anticuado. Eran los turistas perfectos y podrían haber sido de cualquier parte del mundo. Inventó un juego. Intentó adivinar qué idioma hablaban los viejitos antes de estar lo suficientemente cerca como para oírlos.

Llegaron al camino que en una hora y diez minutos más o menos los conduciría a Vernazza. El cielo estaba cubierto pero no se largaba a llover y en el camino había relativamente pocos turistas. Caminaron de la mano en silencio por el camino tallado en la ladera de la montaña. Cada uno absorbía lo que le interesaba, las casas que parecían distribuidas al azar por la ladera, cada una con su propia huerta y algunas con viñedos propios, con las vides enrejadas para aprovechar al máximo su crecimiento. En algunas de las curvas del camino la vista se abría al mar, que penetraba la escarpada costa a intervalos impredecibles y panorámicos. Las olas estaban calmadas, como si el mar estuviera esperando que algo pasara. Mónica se detuvo a sacar fotos en varios puntos del camino y en un

Finding a *gelateria* was not difficult, and they stood in line behind seven or eight other tourists. "What's your favorite flavor, Monica?"

"I like vanilla."

"Me too, but we've got to try something else, too."

"Okay, anything with berries is good for me."

They ordered a double scoop vanilla and blackberry *gelato* and moaned like children at the divine taste dripping from the corners of their mouths. Rickman was bold enough to lick some *gelato* off the corner of Monica's mouth, in public, and she laughed as she slapped him playfully.

There were no cars, there are never any cars in Vernazza, and they walked the narrow streets until they came to the shop where Rickman had seen the silk scarf he wanted to buy for his mother. "Talk to the lady in Spanish," he said to her. "You're so sexy when you speak Spanish."

Monica haggled in Spanish with the shopkeeper, and they wound up getting a slight discount on the scarf. They walked out to the street and downhill toward the beach, where children were playing naked on the tiny patch of sand that opened out onto the water.

Rickman stared at Monica as she watched the children playing, trying to guess her thoughts. He thought about Patrice Fahrquar, the radiologist that introduced them, and the way she had asked about Monica shortly before they left. "How's Monica doing?" Patrice had asked with concern and a little worry. Rickman had thought she was asking about the relationship, and had found her tone a little strange. But now, it all made perfect sense: it was cancer.

momento Rickman le pidió a una pareja de alemanes que les saque una foto a los dos juntos. Mónica se sonrojó un poco, pero lo abrazó y sonrió para la cámara.

Cuando llegaron a Vernazza ella tenía hambre. Él había comido un desayuno completo, pero ella siempre comía algo liviano a la mañana, incluso en Estados Unidos. —¿Probaste alguna vez el *gelato*? —preguntó Rickman.

—No, ¿y tú?

—No, pero todos me dijeron que lo tenía que probar cuando estuviera acá.

No fue difícil encontrar una *gelateria*. Hicieron cola detrás de otros siete u ocho turistas. —¿Cuál es tu sabor preferido, Mónica?

—Me gusta la vainilla.

—A mí también, pero tenemos que probar alguna otra cosa también.

—Bueno, cualquier cosa que tenga frutos del bosque me parece bien.

Pidieron un *gelato* con dos bolas, una de vainilla y una de zarzamoras, y gimieron como niños ante el glorioso sabor que les chorreaba por la comisura de la boca. Rickman tuvo la audacia de lamer, en público, un poco del *gelato* que se escurría de la boca de Mónica y ella se rió, jugando a darle una bofetada traviesa.

No había vehículos, nunca los hay en Vernazza, y caminaron por las angostas callejuelas hasta llegar a la tienda donde Rickman había visto el pañuelo de seda que quería comprarle a su madre. —Háblale a la señora en español —le dijo a Mónica—. Eres tan sexy cuando hablas en español.

Mónica regateó en español con la empleada de la tienda y consiguieron un pequeño descuento por el pañuelo. Salieron a la calle y caminaron cuesta abajo hacia la playa,

Rickman came up behind her to put his arm around her, but just then the heavens opened up, and the rain started to fall. He reached for his umbrella, but she looked up into his eyes and shook her head.

"Put that away, Tom. It's okay. I want to get wet."

donde jugaban unos niños desnudos en el pedacito de arena que se abría hacia el mar.

Rickman observó a Mónica mientras ella miraba a los niños jugar, tratando de adivinar sus pensamientos. Pensó en Patrice Fahrquar, la radióloga que los había presentado y la manera en que le había preguntado acerca de Mónica justo antes del viaje. —¿Cómo está Mónica? —había preguntado Patrice con interés y un poco de preocupación. Rickman pensó que preguntaba por la relación, y su tono le había parecido un poco extraño. Pero ahora, todo tenía sentido: era cáncer.

Rickman se le acercó por detrás y la abrazó, pero justo en ese momento el cielo se partió en dos y empezó a llover. Él buscó el paraguas, pero ella lo miró a los ojos y negó con un movimiento de la cabeza.

—Déjalo, Tom. Está bien. Me quiero mojar.

The Dreaming Adulterer

El soñador adúltero

El soñador adúltero

Miró hacia el horizonte, más allá de la blanca arena de la costa, más allá de la silueta de ella, iluminada desde atrás por el sol poniente carmesí. Tenía puesto un bikini blanco y bailaba una danza atávica y lenta que él ya se sabía de memoria—cada movimiento, cada ondulación—. Las olas lamían sus pies, haciéndole cosquillas en los tobillos desnudos y enarenados. En un momento dado del baile, ella se le acercaba, lenta y seductoramente. Se pasaba la mano por el cabello rubio y alborotado, le tiraba un beso y se ponía de rodillas en la arena. Mirándolo a los ojos, la mano de ella subía por su pierna hasta llegar a su vientre. Lo provocaba un rato, como a él le gustaba y, gateando por la arena como un felino, lo besaba con fuerza en la boca justo cuando sonaba la alarma.

Su tempo era perfecto. Phil Krebs se dio la vuelta y le asestó un puñetazo terminante y confiado al botón de *snooze*. Se tomó ocho de los nueve minutos para revivir la secuencia de hechos del sueño y luego, justo antes de que volviera a sonar la alarma, se puso de pie. Lo primero que pensó fue que el contenido de alabastro de la arena era insuficiente. Cindy estuvo maravillosa, como siempre, pero el paisaje circundante necesitaba más detalles. A las 6:42h oyó el ruido de la cafetera al encenderse y caminó erguido hacia la ducha, marcando el comienzo de otro día. Katya todavía dormía en la habitación principal. Nunca se levantaba antes de las diez de la mañana.

The Dreaming Adulterer

He looked out over the white shoreline sands, past her silhouette, backlit by the setting crimson sun. She was dancing in a white bikini, a slow, atavistic dance that he knew by heart — every move, every undulation. The waves lapped at her feet, tickling her bare, sandy ankles. At a certain point in the dance, a point he knew well, she approached him - slowly, seductively. She ran a hand through her tousled blond hair, blew him a kiss, and got down on her knees in the sand. Staring him in the eye, she ran a hand up his leg and over his stomach. She teased him for a little while, the way he liked; and, crawling up the sand like a crab, kissed him hard on the mouth as the alarm went off.

His timing was perfect. Phil Krebs rolled over and punched the snooze button with a blunt, confident fist. He took eight of the nine minutes to relive the dream sequence, and then just before the alarm went off, he stood. His first thought was that the gypsum content was not high enough in the sand. Cindy performed marvelously, as always, but the surrounding landscape needed detail work. At 6:24 he heard the pop of the coffee maker and he walked erect into the shower and another day began. Katya was still asleep in the master bedroom. She never awoke before ten o'clock.

Phil turned on the radio to a classical station and looked in the mirror. His skin had taken a beating these past

Phil encendió la radio, sintonizó una estación de música clásica y se miró en el espejo. Su piel mostraba los estragos causados por todo el maquillaje y el proceso de exfoliación necesario después de cada entrevista. Mañana, otra entrevista, otro programa de debate, otro equipo de incansables y frenéticas reinas de belleza cuyo mayor placer en la vida parecía ser hacer que él se viera deslumbrante ante las cámaras. Todos, desde los peluqueros y los asistentes de vestuario hasta los cosmetólogos, habían hecho maravillas con su imagen. Phil Krebs podía tener un *look* conservador o informal, deportivo o elegante. Su cabello de color ladrillo, con esas entradas que empezaban a notarse pero que eran perfectamente simétricas, era todo un éxito frente a las cámaras. Mientras el baño se llenaba de vapor, observó el rostro que se escondía detrás de todo eso y dejó escapar un suspiro. Hoy le tocaba Safebet, mañana el bombo publicitario.

Phil Krebs todavía trabajaba tres días por semana como agente de seguros. Cuando el caso empezó a captar la atención de los medios, su psiquiatra y mejor amigo, Lee Kim, le recomendó que conservara una vida rutinaria dentro de lo posible. Phil estuvo de acuerdo y los martes, miércoles y jueves conducía su carro a la estación de trenes para tomar el metro que lo llevaba a las oficinas de Safebet Insurance en el piso cuarenta y tres de un rascacielos indescriptible en Midtown.

Phil se sirvió café en una taza con tapa y condujo hasta la estación. En la plataforma, algunas personas le hicieron gestos de reconocimiento y le dijeron hola. Phil Krebs respondía a todos sus *fans* con entusiasmo. Mantenía su distancia personal, pero la mayoría de las veces realmente disfrutaba de la fama que el caso le había dado. No había hecho nada para lograr esa fama, Katya había sido la causante y él simplemente le había seguido el juego, dando entrevistas y permitiendo que lo convirtieran en el blanco del escrutinio, la indignación y la adulación públicos.

few months from all the make-up and the exfoliation process required at the end of every interview. Tomorrow, another interview, another talk show, another team of incessantly buzzing beauty queens deriving serious pleasure from making him look stunning before the cameras. They had done wonders, all of them, from the hairstylists to the wardrobe consultants to the cosmetologists, with his image. Phil Krebs could be conservative or casual, sporty or debonair. His rust-colored hair with its slightly receding but beautifully symmetrical hairline was a winner in front of the camera. While the bathroom was steaming he looked at the face underneath, and sighed. Today was a Safebet day; tomorrow, the hype.

Phil Krebs still worked three days a week as an insurance agent. When the case began to garner media attention, he was advised by his psychiatrist and best friend, Lee Kim, to keep his life as routine as possible. Phil agreed, and Tuesday, Wednesday and Thursday, Phil took the car to the train to the subway to the Safebet Insurance offices on the forty-third floor of a nondescript skyscraper in Midtown.

Phil poured coffee into his travel mug and drove to the station. On the platform, a few people nodded and said hello. Phil Krebs responded to all his fans cheerfully. He kept his personal distance, but most days he really enjoyed the celebrity status that his case had bestowed upon him. He had done nothing to achieve this status, Katya had brought it about and he simply played along, granting interviews and letting himself become the point man for public scrutiny, outrage, and adulation.

At the prescribed stop, Phil Krebs pushed his way through the mass of human traffic, stepped off the train, and began his walk to work.

*****

En la parada prescrita, Phil Krebs se abrió camino entre la masa de tráfico humano, se bajó del tren e inició su caminata hacia el trabajo.

*****

Un par de horas después, Katya Krebs se despertó y llegó a los tropezones a la cocina para preparar café. Generalmente, no llegaba a estar coherente hasta la segunda taza de café. Hoy, con un poco de resaca, probablemente sería la tercera. La noche anterior se había quedado levantada hasta tarde en la mansión de un amigo del gobernador. Katya era el centro de atención. Con ese cabello negro severo y sus devastadores ojos verdes, sacó provecho de su condición de persona seudofamosa, haciendo lobby con vehemencia contra 'el chip', un sistema de implante de microchip para los niños bajo consideración en el Senado del Estado. Ya había pasado por un escaso margen en la Cámara de Representantes. Estuvo como nunca, haciendo bromas, intercambiando miradas, tomando champagne y destrozando de a poquito y con humor a la oposición.

Ellos no tenían hijos, por lo que Katya tenía más tiempo que la mayoría. Hacía poco se había asociado con Nina Levine, una activista empedernida de New Jersey. Nina trabajaba para la Alianza por la Paz, un grupo matriz para la comunidad de justicieros que hacían malabares con fondos limitados y con todas las probabilidades en contra. Nina trabajaba activamente en la lucha por los derechos de los trabajadores, especialmente cuando se trataba de talleres de explotación clandestina multinacionales. Con la ayuda de Nina, Katya supo de los horrores de un mundo esclavizado. Katya estaba en su punto justo, su crianza privilegiada le había proporcionado una cierta libertad intelectual que se disparó rápida y apasionadamente con la chispa justa. Nina era el genio táctico: coordinando el marketing, escribiendo panfletos, organizando mítines y múltiples charlas. Katya era la oradora, tomando las ideas de

A couple of hours later, Katya Krebs awoke and stumbled into the kitchen to make coffee. She was, as a rule, generally incoherent before her second cup of coffee. Today, slightly hung over, probably her third. Last night she was up late at the mansion of a friend of the governor. Katya was the center of attention. With her sharply cut black hair and devastating green eyes, she used her pseudo-celebrity status to her advantage, lobbying vehemently against 'the chip,' a microchip implant system for kids currently under consideration in the State Senate. It had already passed by a narrow margin in the House. She was in rare form, telling jokes, exchanging glances, drinking champagne and tearing playful little holes in her opposition.

The couple had no children, so Katya had more time than many. She had recently teamed up with Nina Levine, a hardcore activist from New Jersey. Nina worked for the Peace Alliance, an umbrella group for the community of justicians performing their magic with limited funds and against overwhelming odds. Nina was active in fighting for workers' rights, particularly where multinational sweatshops were concerned. With Nina's guidance, Katya learned the horrors of a world enslaved. Katya was ripe -- her pampered upbringing brought a certain intellectual freedom that sprang into action quickly and fiercely when properly sparked. Nina was the tactical genius: coordinating the target marketing, writing leaflets, staging rallies and numerous speaking engagements. Katya was the orator, taking Nina's ideas and restating them with careless and whimsical elegance.

She did her best work informally, talking to important politicos at parties and seducing them with her tongue. For Katya it was a thrill that her lakeside New England upbringing

Nina y replanteándolas con una elegancia despreocupada y caprichosa.

Su mejor trabajo lo hacía de manera informal, hablando con políticos importantes en las fiestas y seduciéndolos con sus palabras. Para Katya era excitante, algo para lo que su niñez frente a un lago en Nueva Inglaterra no la había preparado. Empezó a volver a casa cada vez más tarde de noche. Phil, que era una criatura rutinaria, mantuvo sus horarios y la pareja pasó a verse cada vez menos. Katya generalmente llegaba a la casa cuando Phil estaba durmiendo y Phil generalmente se despertaba cada mañana antes que Katya. Inevitablemente, Phil había trasladado sus cosas a la habitación de huéspedes y usaba el baño de huéspedes para bañarse y afeitarse por la mañana. A ninguno de los dos les molestaba demasiado este arreglo.

El caso había empezado una noche hacía casi tres años ya, cuando Phil y Katya aún compartían la cama. Katya había salido con Nina a un evento de recaudación de fondos del Sierra Club, seguido de una fiesta en el Harry Glass Atrium. Mientras hablaba y flirteaba, había tomado más champagne de la cuenta y llegó a la casa un poco entonada. Tropezando al entrar a la habitación, encontró a Phil profundamente dormido, balbuceando y hablando de manera intermitente. Se sentó en la puerta de la habitación bajo el peso del champagne y cerró los ojos para orientar su cabeza vacilante. Mientras la habitación giraba levemente, pudo escuchar entre los balbuceos incoherentes de Phil el sonido del nombre de una mujer. A Katya le pareció que decía "Cindy". Esperó y se quedó escuchando. Lo volvió a escuchar, claramente. Phil estaba diciendo "Cindy". Se le ocurrió una idea que estaba demasiado ebria para contemplar en ese momento y trastabillando se dirigió a la sala de estar, donde se quedó dormida en el sillón reclinable.

*****

never prepared her for. She started coming home later and later. Phil, who was a creature of rhythm, kept his schedule, and the married couple started seeing less and less of each other. Katya would usually come home when Phil was asleep, and Phil would usually awaken before Katya in the morning. Inevitably, Phil had moved his things to the guest bedroom and used the guest bathroom to shower and shave in the morning. Neither one particularly minded the arrangement.

The case had begun one night almost three years prior, when Phil and Katya still shared a bed. Katya had gone out with Nina to a Sierra Club fundraiser, followed by a party at the Harry Glass Atrium. While she talked and flirted she imbibed a bit more than her share of fine champagne, and came home a little tipsy. Stumbling into the bedroom, she opened the door and found Phil sound asleep, mumbling and intermittently talking. She sat herself down in the doorway under the weight of the champagne and closed her eyes to orient her wobbling head. As the room gently spun, she could hear through Phil's incoherent mumblings the sound of a woman's name. It sounded like "Cindy" to Katya. She waited and listened. She heard it again, clearly. Phil was saying "Cindy." Struck with an idea that she was too inebriated to contemplate, Katya stumbled into the living room and passed out on the recliner.

*****

After taking a few days to think it over, Katya decided to put her idea into action. She consulted Nina Levine over lunch at a deli on East 78th.

"Do you dream in color or black and white?" Katya asked her.

"Hmm," Nina hummed. "Color."

Después de tomarse un par de días para pensarlo, Katya decidió poner su idea en acción. Lo consultó con Nina Levine durante un almuerzo en una delicatesen en la calle East 78th.

—¿Tú sueñas en colores o en blanco y negro? —le preguntó Katya.

—Mmmm —titubeó Nina—. En colores.

—¿Has soñado alguna vez algo que después haya pasado?

—No. ¿Y tú?

—Una vez. Soñé que me mudaba. Tendría unos once años. Mis padres me lo dijeron la semana siguiente.

—¿Por qué me lo preguntas?

—Porque hace un par de años que Phil está muy interesado en el tema de los sueños.

—¿Interesado en los sueños? ¿Qué quieres decir?

—Lee libros al respecto, investiga en línea. ¡Incluso tiene una gráfica de sueños al lado de su cama!

—¿Qué dice?

—¿La gráfica de sueños? Son todos distintos colores y símbolos. Entiendo algo, pero no todo.

—A mi hermano le fascina el tema de los sueños lúcidos. ¿Eso es lo que hace Phil?

—Esa es una parte. Está en la gráfica. Pero creo que va más allá de eso.

—¿Más de lo que tú sabes?

—He aprendido un poco este último año, pero no lo suficiente como para entender en qué está metido Phil.

—¿Qué quieres decir? ¿En qué está metido?

—Él cree que las personas pueden compartir sus sueños y que a veces lo hacen. En casos extremos, él cree que dos personas podrían incluso juntarse en un sueño y tenerlo juntos.

—¿Alguna vez hicieron eso ustedes dos?

"Have you ever dreamed something and then it happened?"

"No. Have you?"

"Once. I dreamed that I was moving. I was about eleven years old. My parents told me the next week."

"Why are you asking me?"

"Because Phil has become very interested in dreaming over the past few years."

"Interested in dreaming? What does that mean?"

"He reads books, he researches online. He even has a dream chart next to his bed!"

"What does it say?"

"The dream chart? It's all different colors and symbols. I understand some of it, not all of it."

"My brother was into lucid dreaming. Is that what Phil does?"

"That's some of it. It's on the chart. But I think there's more."

"More than you know?"

"I've learned a little over the past year, but not enough to know what Phil is up to."

"What do you mean? What's he up to?"

"He thinks people can, and sometimes do share dreams. In an extreme case, he feels that two people could possibly even merge in a dream and experience it together."

"Have you two ever done that?"

"No, but we've transferred moods across the conscious boundary. Actually he does it better than I do."

"What do you mean?"

"One time I had a violent dream - a dream about being stalked and chased, and Phil woke up and asked me if I had a nightmare. I've dreamed about death and Phil asked me who died."

—No, pero hemos intercambiado estados de ánimo a través de la frontera de la conciencia. En realidad, a él le sale mucho mejor que a mí.

—¿A qué te refieres?

—Una vez tuve un sueño violento, un sueño en el que me acechaban y me perseguían, y Phil se despertó y me preguntó si había tenido una pesadilla. He soñado con muertos y Phil me preguntó quién había fallecido.

—¡Guau! Y pensar que parece nada más que un mero vendedor.

—Sí, es muy fácil subestimar a Phil, con esa carita de nene y ese ridículo pelo colorado.

Nina se rio, pero Katya estaba seria.

—¿Te acuerdas de la noche de la fiesta en lo de Jim Fitzsimmons?

—¿Cómo me voy a olvidar? Fuiste el alma de la fiesta. Les dijiste a esas personas exactamente lo que no querían escuchar. —Nina se rio—. ¡Ahora quizás tengan que usar la consciencia al pensar!

Katya logró hacer una sonrisa lánguida. —Bueno, esa noche llegué a casa un poco exaltada y fui a ver a Phil. —Hizo una pausa y continuó, tras el silencio de Nina—. Pero estaba dormido y le escuché claramente decir el nombre de otra mujer. Dijo 'Cindy'.

—¿Quién es Cindy?

—Eso es lo que quiero averiguar. Phil realmente no parece ser el tipo de hombre adúltero. Me casé con él porque pensé que era inofensivo.

******

El Dr. Lloyd Barrow era la persona en New York en quien Katya sentía que podía confiar incondicionalmente. Era un neurólogo hermético, un obsesivo del trabajo que se volcó a la medicina después de desdeñar su carrera como defensor público. Nunca tuvo ni el tiempo ni las ganas de tener una

"Wow. He seems like such a *salesman*."

"I know. It's really easy to underestimate Phil. He's got that boyish face and that goofy red hair."

Nina laughed, but Katya was serious.

"Remember that night at Jim Fitzsimmons' party?"

"How could I forget? You were the life of the party. You told those people exactly what they didn't want to hear." Nina laughed. "Now they may have to actually think with their conscience!"

Katya managed a wan smile. "Well, I came home that night a little riled up, and went to pay a visit to Phil." She paused, and continued in the wake of Nina's silence. "But he was sleeping, and I distinctly heard him say another woman's name. He said 'Cindy.'"

"Who's Cindy?"

"That's what I intend to find out. Phil really doesn't seem like the adulterous type. I married him because I thought he was harmless."

******

Dr. Lloyd Barrow was the person in New York whom Katya felt she could implicitly trust. He was a hermetic neurologist, a workaholic who turned to medicine after spurning a career as a public defender. He never had the time nor desire for a wife, and now, in his mid-sixties, had formed a relationship with Katya of mutual benefit. Dr. Barrow gave Katya the benefit of his experience and his contacts, and Katya gave him the benefit of her devastating green eyes. Under Barrow's supervision, usually Tuesday lunch dates, Katya had blossomed from a chaotic hobbyist into a true activist. She accompanied Barrow to functions and fundraisers, and when

esposa y ahora, con sesenta y pico de años, había formado una relación con Katya que era de beneficio mutuo. El Dr. Barrow le brindaba a Katya el beneficio de su experiencia y sus contactos y Katya le ofrecía el beneficio de sus devastadores ojos verdes. Bajo la supervisión de Barrow, por lo general durante sus almuerzos los martes, Katya había pasado de ser una entusiasta caótica a convertirse en una verdadera activista. Acompañaba a Barrow a las funciones y eventos de recaudación de fondos y, cuando él consideró que estaba lista, Barrow dejó que su pichón volara solo. Ahora se reunían dos veces por mes, el primero y el tercer martes del mes.

Durante el almuerzo, le resultó evidente al Dr. Barrow que algo no andaba bien con Katya. Se la veía taciturna y vacilante y apenas probó su ensalada Cesar.

—¿Qué pasa? —le preguntó—. Nunca te he visto sin apetito.

—¿Es tan evidente?

—Demasiado evidente.

Hubo una pausa. —Bien, Lloyd, he estado pensando. He estado pensando sobre un caso, algo que podría ser enorme.

Barrow levantó una ceja. —¿En qué te has metido?

—No me lo vas a creer, pero se trata de mi propio marido.

—No me digas que te quieres divorciar de Phil. ¡Te deja hacer lo que tú quieres!

—Ya lo sé. Y ahora creo que sé por qué.

—¿Otra mujer?

—No estoy segura. Una noche después de una fiesta entré a la habitación para sorprender a Phil, esto fue cuando todavía dormíamos en la misma cama, y...

—¿Phil y tú ya no duermen en la misma cama?

—Nuestras vidas son tan diferentes. Nuestros horarios no coinciden. Él es madrugador y yo soy noctámbula.

—Aún así...

he felt she was ready, Barrow let his sparrow fly. Now they met twice monthly, the first and third Tuesday of every month.

Over lunch, it was apparent to Dr. Barrow that something was wrong with Katya. She was sullen and tentative as she picked at her Caesar salad.

"What is it?" he asked. "I've never seen you not have an appetite."

"Is it that obvious?"

"Too obvious."

A pause. "Well, Lloyd, I've been thinking. I've been thinking about a case, something that could be big."

Barrow raised an eyebrow. "What have you gotten yourself into?"

"If you can believe it, my own husband."

"You don't want to divorce Phil, do you? He lets you do whatever you want!"

"I know. Now I think I know why."

"Another woman?"

"I'm not sure. One night after a party I went into the guest bedroom to drop in on Phil, and…"

"You and Phil don't share a room anymore?"

"Our lives are so different. Our schedules don't coincide. He's an early bird and I'm a night owl."

"But still…"

"We never see each other awake. Maybe twice a week."

Barrow looked at Katya with surprise. He felt an avuncular responsibility for Katya's independence, and had assumed his role as ward. But Katya had never confided in him about personal matters before. He shook his head and sipped his iced tea.

"He's been talking in his sleep," Katya said. "Saying another woman's name."

—Nunca nos vemos despiertos. Quizás dos veces por semana.

Barrow miró a Katya con sorpresa. Sentía una responsabilidad paternalista por la independencia de Katya y había asumido el papel de protector. Pero Katya nunca antes le había hecho confidencias acerca de su vida personal. Sacudió la cabeza y tomó un sorbo de té helado.

—Ha estado hablando de dormido —dijo Katya—. Diciendo el nombre de otra mujer.

Barrow sonrió. —¿Y eso es causal de divorcio?

—¿Puedes encontrar un abogado que diga que lo es? Phil no es un soñador cualquiera. Tiene gráficas y mapas y tres cuartos o más de sus sueños son sueños lúcidos. Si Phil dice Cindy, puedes estar seguro de que hay una Cindy por ahí en alguna parte.

Esta vez Barrow se rio de forma audible, un sonido que Katya pocas veces había escuchado. —Conozco un tipo que tomaría cualquier caso que pueda llegar a salir en primera plana. Si este caso se concreta, vamos a verlo en primera plana por todos lados.

*****

Esa tarde, Katya encontró equipos para espías en línea y compró un dispositivo de grabación digital en miniatura con una cámara diminuta y lo escondió en la habitación de huéspedes. El dispositivo tenía un temporizador y lo configuró para que grabara las últimas dos horas de sueño de Phil, desde las cuatro hasta la seis de la mañana. La voz de dormido de Phil era mayormente incomprensible, pero después de un tiempo se podían distinguir algunas palabras. Un nombre, "Cindy", surgió por lo menos tres veces en el transcurso de una noche. Katya recopiló los videos durante el curso de un mes y así nació el "Archivo Cindy". Hubo veinticuatro noches de treinta en las que Phil mencionó el nombre "Cindy" mientras dormía. Con

Barrow smiled. "And that's reason for a divorce?"

"Can you find me a lawyer who says it is? Phil is no ordinary dreamer. He has charts and maps and three-quarters of his dreams or more are lucid. If he's saying Cindy, you can bet that there's a Cindy in there somewhere."

This time Barrow laughed audibly, a sound Katya had rarely heard. "I know one guy who will take anything to get headlines. He just might do it. If this case breaks, we'll be seeing headlines in abundance."

That afternoon Katya found some spy equipment online and bought a miniature digital recording device with a tiny camera, which she planted in the guest bedroom. The device had a timer, and was set to record the last two hours of his sleep from four to six in the morning. Phil's sleep voice was mostly incoherent, but after awhile a few words could be distinguished. A name, "Cindy," appeared at least three times in one night. Katya collected the videos over the course of a month and "the Cindy File" was created. Twenty-four nights out of thirty with instances of the name "Cindy" uttered by Phil in his sleep. With this evidence, she returned the following month to Dr. Barrow.

"Interesting, Katya. You've been diligent." Barrow said, taking the envelope. "I'll get back to you."

*****

Did Phil breach their marriage contract, while asleep - while unconscious? Katya, fascinated with the social implications of her idea, and perhaps a bit heady with her recent successes in political circles, decided to see how far she could take it. She knew that at heart Phil was a good husband -- he gave her total independence and made his own money.

esta evidencia, Katya volvió al mes siguiente a reunirse con el Dr. Barrow.

—Interesante, Katya. Has sido diligente —dijo Barrow, tomando el sobre—. Pronto tendré una respuesta.

*****

¿Había Phil roto el contrato nupcial, mientras dormía, mientras estaba inconsciente? Katya, fascinada con las implicaciones sociales de su idea y quizás un tanto intoxicada con sus recientes éxitos en los círculos políticos, decidió ver qué tan lejos podía llevar su idea. Sabía que en el fondo Phil era un buen marido, le daba completa independencia a ella y ganaba su propio dinero. Era apuesto y alegre y casi llegaba a entenderla. Y en comparación con tener a tipos pervertidos persiguiéndola todo el tiempo, el matrimonio era mucho menos agotador.

Nina pasó a ser la principal confidente de Katya. En el transcurso de las siguientes semanas, a medida que hablaban, Nina la animó a explorar las ramificaciones intelectuales del caso.

—Piensa en lo que esto significa, Katya —le dijo mientras almorzaban falafel y tabouli una tarde en el restaurante Ammon's Kitchen—. Tu caso podría representar la reivindicación de las mujeres psíquicamente esclavizadas en todo el mundo. ¿Puedes probar que te estaba siendo infiel?

—A lo mejor. Barrow está buscando un abogado y está muy entusiasmado con los precedentes intelectuales y jurídicos también. Las leyes son bastante estrictas en lo que respecta al adulterio, pero nuestras circunstancias son bastante interesantes.

—¿Porque Phil tiene sueños lúcidos?

Katya sonrió. —No conoces a Phil, ¿cierto? —le preguntó Katya.

—No. Sólo lo conozco a través de las cosas que tú me cuentas.

He was handsome and playful, and he almost understood her. And compared to perverted guys chasing her around all the time, marriage was less taxing.

Nina became Katya's chief confidante. Over the course of the following weeks, as they talked, Nina encouraged her to explore the intellectual ramifications of the case.

"Think about what this means, Katya," she said over a lunch of falafel and tabouli one afternoon at Amnon's Kitchen. "Your lawsuit could mean the redemption of psychically enslaved women everywhere. Can you prove that he was being unfaithful?"

"Maybe. Barrow's looking for a lawyer, and he's very excited about the intellectual and legal precedents, too. The law is pretty strict about adultery, but we've got some pretty interesting circumstances."

"Because he's a lucid dreamer?"

Katya smiled. "You've never met Phil, have you?" Katya asked her.

"No. I only know him through the things you've said."

"We really were in love, so I thought, when we met."

"A common misdiagnosis."

"Phil really has a lot of great qualities. He may be a little predictable, a little boring, but he's got a good heart, and I really don't think he'd ever try to hurt me." She paused. "I definitely never thought he was capable of having an affair. It would throw off his rhythm!"

Nina said nothing.

"I would feel bad for hurting Phil, but our marriage really ceased to exist months ago."

Nina swallowed "But is it really about Phil? Think transpersonally, Katya. What will this mean for all the women who are emotionally and psychically enslaved? This could burst the dam!"

—Realmente estábamos enamorados, o eso creí, cuando nos conocimos.

—Un error común.

—Phil tiene en realidad muchas cualidades positivas. Si bien es un poco predecible, un poco aburrido, tiene buen corazón y realmente no creo que nunca intente hacerme daño. —Hizo una pausa—. Definitivamente nunca creí que fuese capaz de tener un affaire. ¡Rompería su rutina!

Nina no dijo nada.

—Me sentiría mal por hacerle daño a Phil, pero nuestro matrimonio dejó de existir hace meses.

Nina tragó —¿Pero se trata realmente de Phil? Piensa de manera transpersonal, Katya. Piensa en lo que esto puede significar para todas las mujeres que están emocional y físicamente esclavizadas. ¡Esto podría abrir las compuertas!

—¿No estás exagerando un poco?

—¿No deberías hacerlo tú? Piensa en la posición en la que te encuentras. ¡Piensa en el precedente que podrías establecer! Esto podría representar la liberación de todo el género.

—Te voy a ser sincera. No puedo representar a todas las mujeres en todas partes, es demasiado desgastante. Estoy haciendo esto por mí misma, porque creo que hay que hacerlo. No necesito divorciarme, *quiero* divorciarme. Quiero hacer algo que nadie haya hecho antes.

—Sigo pensando que te estás quedando un poco corta en tu visión —dijo Nina, frunciendo el ceño.

Menos de dos semanas más tarde, Lloyd Barrow llamó a Katya y le pidió que se juntaran para *happy hour* un viernes después del trabajo. Después de haber pedido sus bebidas y cuando la mesera había traído los aperitivos, Katya ya no pudo contener su curiosidad. —¿De qué se trata todo esto? ¡Nos venimos juntado exclusivamente los martes desde que comenzamos!

"Aren't you being a little dramatic?"

"Shouldn't you be? Think of the position you're in. Think of the precedent you could set! This could represent freedom for the whole gender."

"Let's be honest. I can't represent all women everywhere, it's too taxing. I'm doing this for myself, because I think it needs to be done. I don't need this divorce, I *want* it. I want to do something no one has ever done before."

"I still think you're being a little too myopic," Nina said, frowning.

Less than two weeks later Lloyd Barrow called Katya and requested a Friday happy hour meeting. Once they had ordered their drinks and the waitress had brought the hors d'oeuvres, Katya could contain her curiosity no longer. "What's this all about? We've met only on Tuesdays for as long we've been doing this!"

Lloyd Barrow served a smile and toasted. "To the dreaming adulterer."

"What?" cried Katya.

"To Phil Krebs, the dreaming adulterer," Barrow said, and sipped his wine. "We've got ourselves a lawyer!"

That Friday over drinks Barrow told Katya how he had heard about the project of a former medical school colleague, Dr. Olaf Gustafsson. Olie was doing neural mapping research for a company called SPI Technologies, and who was his chief subject for the new CD-ROM? Phil Krebs!

So after a few meetings between Dr. Barrow, Katya, and the lawyer Kirk Kilkenny, in a case without precedent, Katya Krebs filed for divorce on the grounds of dreaming adultery.

*****

251

Lloyd Barrow sonrió e hizo un brindis. —Por el soñador adúltero.

—¿Qué? —exclamó Katya.

—Por Phil Krebs, el soñador adúltero —dijo Barrow y bebió un sorbo de vino—. ¡Ya tenemos abogado!

Ese viernes mientras tomaban algo, Barrow le contó a Katya que se había enterado acerca del proyecto que un ex colega de la facultad de medicina, el Dr. Olaf Gustafsson. Olie estaba haciendo investigaciones sobre mapeo neuronal para una empresa llamada SPI Technologies, ¿y quién era el principal sujeto para el nuevo CD-ROM? ¡Phil Krebs!

Después de un par de reuniones entre el Dr. Barrow, Katya y el abogado Kirk Kilkenny, en un caso sin precedentes, Katya Krebs entabló una demanda de divorcio aduciendo que su marido cometió adulterio en sueños.

*****

Hace apenas dos años, pareciera, Phil era simplemente un tipo común y corriente. Hacía un año que se había casado con una mujer hermosa y adinerada y su carrera profesional en Safebet estaba en franco progreso. Su matrimonio lo había liberado de tener que buscar mujeres con las cuales acostarse y casi de inmediato se puso en marcha su ritmo natural. Pasó a ser sumamente productivo en su trabajo y a jugar ráquetbol dos veces por semana. Bajó de peso a niveles inferiores que cuando estaba en la universidad y pasó a tener una ambición que nunca antes había conocido realmente, apenas vislumbrado. Sus superiores elogiaban su ética laboral y su futuro prometedor y la pareja decidió mudarse a Glen Cove, fuera de la ciudad y su contaminación, sus ruidos y su pestilencia.

Y llegó Dirk Rollins, un jueves inidentificable en el tren. Phil Krebs miraba, con la vista perdida, el vacío azul de su laptop, preparándose para otro día en el trabajo. Rollins se le

Just two short years ago, it seemed, Phil was just a regular guy. He had been married for a year to a beautiful and wealthy woman, and his career at Safebet was thriving. His marriage had freed him from looking for women to sleep with, and almost immediately his rhythm kicked in. He became highly functional at work, and played racquetball twice weekly. His weight was below his college weight, and he became ambitious in a way he had never really known, only tasted. His superiors praised his work ethic and his promise, and the couple decided to move to Glen Cove - out of the city and its pollution and its noise and its stench.

Enter Dirk Rollins, on a nondescript Thursday on the train. Phil Krebs was gazing, eyes defocused, into the blue-light void of his laptop, preparing for another day at work. Rollins approached him like an anachronistic gangster, in a hat and trench coat, and asked if the seat next to Phil was taken.

"Dirk Rollins. SPI Technologies. Have you heard of our products?"

Phil had actually heard of SPI only a few days earlier, when a friend at the office gave him a nudie software package designed and marketed by SPI Technologies. "No," said Phil. "Don't think I have."

"SPI is a company that specializes in neural mapping." Rollins took off his hat to reveal a thick head of black hair, slicked back from a pronounced widow's peak. His eyes were slate grey. "We initially began in adaptive technologies, servicing people with epilepsy or seizure disorder. But recently we've merged with an imaging company from Singapore and we are creating video imagery from a holographic neural net created by our trained subjects."

"Oh yeah," Phil said, feigning memory. "I've heard about some of your ventures. Mostly for adult audiences, no?"

acercó como un gánster anacrónico, con sombrero y sobretodo, y le preguntó si el asiento al lado de Phil estaba ocupado.

—Dirk Rollins. SPI Technologies. ¿Has oído hablar de nuestros productos?

Phil había oído hablar de SPI hacía tan sólo unos días, cuando un amigo de la oficina le había dado un paquete de software porno diseñado y comercializado por SPI Technologies. —No —dijo Phil—. Creo que no.

—SPI es una empresa especializada en mapeo neuronal. —Rollins se sacó el sombrero, lo que reveló una mata espesa de cabello negro, engominado hacia atrás desde un pronunciado pico de viuda. Sus ojos eran de color gris pizarra—. Al principio empezamos con tecnologías adaptables, prestando servicio a personas con epilepsia o trastornos convulsivos. Pero recientemente nos fusionamos con una empresa de imágenes de Singapur y estamos creando imágenes de video a partir de una red neurológica holográfica creada por nuestros sujetos especialmente capacitados.

—Oh, sí —dijo Phil, fingiendo recordar—. Me enteré de algunos de sus emprendimientos. Pensados principalmente para adultos, ¿no?

—Exacto. Hay mucho dinero en juego, Phil. Nuevas tecnologías, un mercado virtualmente inexplotado. Y te lo estoy ofreciendo a ti.

—¿Por qué?

—Tu amigo Lee Kim te recomendó como sujeto potencial. Dijo que cuando vivían juntos en la universidad solías hablar de dormido, a veces usando oraciones completas.

Lee Kim había sido su compañero de cuarto en su primer año en Cornell. La oficina de residencias estudiantiles los había puesto juntos al azar y de inmediato se hicieron amigos. Phil apreciaba mucho la opinión de Lee Kim, algo con lo que sabía que Rollins debía estar contando. —¿Cómo conoces a Lee Kim? —preguntó Phil.

"Exactly. Big money there, Phil. New technology, virtually untapped market. And I'm offering it to you."

"For what?"

"Your friend Lee Kim recommended you as a potential subject. He said that when you lived together in college you used to talk in your sleep - sometimes in complete sentences."

Lee Kim had been his roommate freshman year at Cornell. They were thrown together randomly by the university housing office and became friends immediately. Phil valued Lee Kim's judgment immensely, something he knew Rollins must have been counting on. "How do you know Lee Kim?" Phil asked.

"SPI is a client of his brother's law firm. Lee Kim has met with me personally on more than one occasion. I think Mr. Kim likes what SPI does."

"What would I have to do?"

Rollins smiled. "We'd like to take a set of neural images while you sleep."

"That's all?"

"That's the first step."

"Once we have the baseline numbers, we straddle the states between wakefulness and sleep, inducing images that can slowly be brought under conscious control. In other words, we train you to map your dreams." Rollins handed Phil Krebs a business card.

"I'll talk to Lee Kim, and I'll get back to you," Phil said.

"I'll be back next Thursday. Same time, same place." Rollins tipped his hat, tightened his trench coat and dissolved into the sepia steam rising from the incoming trains.

Phil was a little stunned, but willing to give it a try. He called Lee Kim, who vouched for SPI and Rollins, and encouraged him to try the neural mapping for extra income and fun. Lee Kim knew that Phil and Katya had begun

—SPI es cliente del bufete de abogados de su hermano. Lee Kim se ha reunido conmigo personalmente en más de una ocasión. Creo que al Sr. Kim le gusta lo que hace SPI.

—¿Qué tendría que hacer?

Rollins sonrió. —Nos gustaría tomar una serie de imágenes neuronales mientras duermes.

—¿Eso es todo?

—Ese es el primer paso.

—Cuando tengamos los números de referencia, formamos un puente entre los estados de vigilia y sueño, induciendo imágenes que lentamente pueden ser controladas de manera consciente. Dicho de otra manera, te entrenamos para que mapees tus propios sueños. —Rollins le dio su tarjeta a Phil Krebs.

—Voy a hablar con Lee Kim y luego te respondo —dijo Phil.

—Volveré el próximo jueves. Misma hora, mismo lugar. —Rollins inclinó su sombrero, se ajustó el sobretodo y desapareció en la humareda sepia que brotaba de los trenes que se aproximaban.

Phil estaba un tanto pasmado, pero dispuesto a probar. Llamó a Lee Kim, quien respaldó a SPI y a Rollins y lo alentó a intentar el mapeo neuronal para ganar dinero extra y divertirse. Lee Kim sabía que Phil y Katya habían comenzado a dormir en habitaciones separadas y que la rutina laboral de Phil era lo único que lo mantenía cuerdo. Por consejo de Kim, Phil contactó a Rollins y comenzó con las entrevistas preliminares dos semanas después. Al optar por mantener el proyecto en secreto y no contárselo a Katya, Phil Kerbs pensó que había recuperado un poco de control sobre su vida y su matrimonio. En ese entonces, no tenía idea de que Katya tenía sus propias prioridades.

*****

sleeping in separate beds, and that Phil's work routine was the only thing keeping him sane. On Kim's advice, Phil contacted Rollins and began the preliminary interviews two weeks later. In deciding to keep the project secret from Katya, Phil Krebs thought he had regained a little control over his life and his marriage. Back then, he wasn't aware that Katya had her own agenda.

*****

Local television picked up the story first, and a small cable station invited Phil and Katya to do a talk show that presented both sides of this intriguing case. They agreed, and the couple were so good in front of the cameras that the station invited them back for another show – this time to field questions from the audience. The major networks heard about the story, and within a month, Phil and Katya were doing talk shows in New York and Los Angeles, being flown first-class, together and separately, to tell the country about their case.

What constitutes adultery? The public response to *Krebs vs. Krebs* was overwhelming, and the media syndicates feasted on it, polarizing it. They portrayed Phil Krebs as an honest, hard-working man with a harmless fantasy that in no way infringed upon his love for his wife nor his ability to be a faithful husband. That a wife could file for divorce via an attack on the unconscious mind of her husband sent fear and anger down the collective spines of men everywhere, and the name of Phil Krebs became synonymous for the right of men to fantasize.

In the opposing corner, Katya Krebs was applauded for taking her husband to task for his dreaming exploits. Their general consensus was that love knows no boundaries, and that infidelity in the unconscious mind was not only a precursor to

Las estaciones de televisión locales fueron las primeras en reportar la historia y una estación de cable pequeña invitó a Phil y a Katya a un programa de entrevistas donde se presentaron ambos lados de este fascinante caso. Aceptaron, y la pareja actuó tan bien frente a las cámaras, que la estación los invitó a regresar para otro programa, esta vez para que respondieran a preguntas de la audiencia. Las principales cadenas de televisión se enteraron de la historia y, en el lapso de un mes, Phil y Katya estaban participando en programas de entrevistas en New York y Los Ángeles, a donde los llevaban en primera clase, juntos y por separado, para que le contaran al país sobre su caso.

¿Qué constituye adulterio? La respuesta del público al caso de *Krebs versus Krebs* fue abrumadora y las cadenas de medios se dieron un festín, polarizándolo. Presentaron a Phil Krebs como a un hombre honesto y trabajador con una fantasía inofensiva que de ninguna manera infringía el amor que sentía por su esposa o su capacidad de ser un marido fiel. El hecho de que una esposa pudiera iniciar una demanda de divorcio mediante un ataque al subconsciente de su marido generó escalofríos de miedo e ira colectivos en todos los hombres de todas partes, y el nombre Phil Krebs se convirtió en sinónimo del derecho de los hombres a tener fantasías.

En el rincón opuesto, se aplaudía a Katya Krebs por reprender a su marido por sus proezas en sueños. El consenso general era que el amor no tiene barreras y que la infidelidad en el subconsciente no sólo era precursora de maltratos o infidelidad en la vida despierta, sino que era un elemento desestabilizador y corrosivo que no cabía en un matrimonio saludable. Katya era considerada una pionera jurídica en su intento por delinear y santificar el dominio del subconsciente.

Ahora que el caso había llegado a la Corte Suprema Estatal, Phil había alcanzado la condición de culto, siendo adorado por grupos de hombres en todo el país que buscaban

mistreatment or infidelity in the waking life, but a corrosive and destabilizing element that had no place in a healthy marriage. Katya was considered a legal pioneer in her attempt to delineate and sanctify the unconscious domain.

Now that the case had gone to the State Supreme Court, Phil was given cult status by men's groups nationwide who sought to protect and defend their dream state as a sovereign mindscape, while women everywhere applauded Katya's efforts. One thing was certain, *Krebs v. Krebs* was treading uncharted legal ground.

*****

At just after four o'clock, Phil turned off his computer, said goodbye to his co-workers, and took the elevator forty-three floors down to street level, where he walked to the subway and boarded. He took the subway three stops and emerged above ground again, and walked to a building with a revolving door. Entering, he showed the guard his security card, and was escorted to the offices of SPI Technologies, where he was met by Dirk Rollins, the headhunter, the man who found Phil Krebs on the train and persuaded him to come to SPI. They shook hands and walked together to the conference room, where the rest of the SPI staff was waiting for Phil to give him the daily debriefing.

Dr. Olaf Gustafsson, the Swedish neurologist, led the session. In a marked Scandinavian accent he said, "Welcome. Today's session we are going to concentrate on the scenery, on the panorama. We have Cindy's silhouette very well mapped, and her general sense of movement is quite fluid – not perfected yet, but all things in time. Phil, I want you to go beyond Cindy's hair and her body, beyond her touch. The work you've been doing on the sand has been pioneering. Now

259

proteger y defender su ensueño como un territorio mental soberano, mientras que las mujeres en todas partes aplaudían los esfuerzos de Katya. Una cosa era segura, *Krebs versus Krebs* transitaba un terreno legal nunca antes explorado.

*****

Unos instantes después de las cuatro en punto, Phil apagó su computadora, saludó a sus compañeros de trabajo y tomó el ascensor para bajar los cuarenta y tres pisos hasta el nivel de la calle, donde caminó hacia el metro y se subió. Anduvo en el metro tres paradas y volvió a salir a la superficie nuevamente. Caminó hacia un edificio con una puerta giratoria. Al entrar, le mostró al guardia su tarjeta de seguridad y fue escoltado hasta las oficinas de SPI Technologies, donde lo recibió Dirk Rollins, el reclutador, el hombre que encontró a Phil Krebs en el tren y lo convenció de venir a SPI. Se dieron la mano y caminaron juntos hacia el salón de conferencias, donde el resto del personal de SPI estaba esperando a Phil para darle el parte diario.

El Dr. Olaf Gustafsson, el neurólogo sueco, lideró la sesión. Con un marcado acento escandinavo, dijo: — Bienvenidos. En la sesión de hoy nos vamos a concentrar en el paisaje, en el panorama. Tenemos la silueta de Cindy muy bien mapeada y su sentido general de movimiento es bastante fluido, si bien todavía no es perfecto, pero todo llega a su tiempo. Phil, quiero que vayas más allá del cabello y el cuerpo de Cindy, más allá de sus caricias. El trabajo que vienes haciendo con la arena es de vanguardia. Ahora quiero que te concentres en el reflejo del sol en el agua y cómo las olas lamen la costa. Hoy vamos a enfocarnos más en el paisaje.

Habló Jeff Arbuckle, el programador principal. — Hemos hecho pruebas simuladas con Cindy contra un fondo vacío. Se desempeñó a la perfección. En este momento estamos

I want you to concentrate on the glistening of the sun off the water, the lapping of the waves on the shore. Today we are doing more of the landscape."

Jeff Arbuckle, the head programmer, spoke. "We have done simulated trials with Cindy against an empty background. She has performed beautifully. At this point we are thinking about packaging her with varied environments to choose from, such as beach, bathtub, meadow, etcetera. Those environments can be created without your help. But we like your neural map so much, Phil, that we want you to pilot the program with your beach scenario."

Phil agreed and Dr. Rod Benjamin gave him his cocktail - a mixture of light narcotics and electrolytes. Phil strapped on "the helmet," a shower cap full of extremely sensitive electrodes, and got comfortable in the faux leather recliner that he had picked out especially for this project with an SPI credit card.

Phil Krebs closed his eyes and Cindy began to materialize – her blonde hair and white bikini, her silhouette, even her sandswept scent. Phil looked between her legs to the sandy shore and the ocean beyond. In his mind the sky was scarlet and pink, with the setting sun an orange ball just tame enough to look at. The ocean reflected streaks and diamonds as its foam-tipped waves crested and crashed on the shore.

The session lasted thirty-three minutes, as per protocol. Arbuckle came out of the control booth with his face beaming. "Great job, Krebs. We've mapped the sun and its reflection, along with a little bit of the wave action. We'll deal with enhancing the resolution tonight and we'll see you next week, ok?"

"Sure," said Phil. "See you then."

pensando en ofrecerla en paquetes con diferentes entornos para elegir, como la playa, una bañera, una pradera, etc. Podemos crear esos entornos sin tu ayuda, pero nos gusta tanto tu mapa neuronal, Phil, que queremos que seas quien ponga a prueba el programa con tu escenario de playa.

Phil aceptó y el Dr. Rod Benjamin le dio su cóctel, una mezcla de narcóticos suaves y electrolitos. Phil se colocó "el casco", una gorra de ducha repleta de electrodos sumamente sensibles, y se puso cómodo en el sillón reclinable de cuero de imitación que él mismo había elegido para este proyecto con una tarjeta de crédito de SPI.

Phil Krebs cerró los ojos y Cindy empezó a materializarse, su cabello rubio y su bikini blanco, su silueta, incluso su aroma mezclado con arena. Phil miró entre las piernas de Cindy, hacia la costa arenosa y el mar que le seguía. En su mente, el cielo era escarlata y rosa, con el sol poniéndose como una bola naranja lo suficientemente débil como para poderla mirar. El mar reflejaba rayos y diamantes mientras sus olas de crestas espumosas crecían y rompían en la costa.

La sesión duró treinta y tres minutos, según el protocolo. Arbuckle salió de la cabina de control con el rostro iluminado. —Excelente trabajo, Krebs. Mapeamos el sol y su reflejo, junto con un poco del movimiento de las olas. Esta noche nos encargaremos de mejorar la resolución y te vemos la semana que viene, ¿ok?

— Seguro —dijo Phil—. Nos vemos.

Rollins escoltó a Phil hasta la calle, donde comenzó su andar anónimo a través del laberinto de vías de trenes de regreso al hogar que compartía con Katya en los suburbios.

*****

Katya salió del baño, apretó un botón y se encendió el secador de pared. Hizo piruetas con gracia, formando círculos lentos mientras el aire caliente le acariciaba la piel. Cuando terminó de secarse, se puso un kimono de seda negro con

Phil was escorted to the street by Rollins and began his anonymous march through the railway labyrinth back to the home he shared with Katya in the suburbs.

*****

Katya stepped out of the bath, pushed a button, and the wall dryer came on. She pirouetted in slow, graceful circles as the warm air caressed her flesh. When she was dry, she donned a black silk kimono with emerald embroidery and walked outside with her phone to the patio. She grabbed a glass of wine and called Kirk Kilkenny, leaving a message asking about new developments in the case.

She hung up the phone and it rang not five minutes later. It was Nina Levine.

"Hi, honey."

Katya did not like to be called honey. "Hi, Nina."

"Leslie Ducat can't moderate her group tonight. I told her I'd ask you if you'd do it."

"Do what?"

"Lead her group."

"I'm no counselor," Katya said. Leslie Ducat led a women's group that met every Tuesday. In these women's lexicons were words like rape, incest, violence, abuse -- issues Katya never encountered in her own life. She knew she had the personal charisma and the pseudo-celebrity status to serve as cheerleader for these women, but was she really equipped to help them?

Katya was a righteous woman, with an inflamed sense of personal conviction that attracted Nina Levine and a host of other women who had seen her on her many talk show appearances. In front of the camera, Katya was brilliant – an independently wealthy woman with an edge and a desire to

bordados esmeralda y salió con su teléfono al patio. Cogió una copa de vino y llamó a Kirk Kilkenny, dejándole un mensaje preguntando sobre las novedades del caso.

Cortó el teléfono que sonó al cabo de apenas cinco minutos. Era Nina Levine.

—Hola, cariño.

A Katya no le gustaba que le dijeran cariño. —Hola, Nina.

—Leslie Ducat no puede hacer de moderadora de su grupo esta noche. Le dije que te preguntaría si no querías hacerlo tú.

— ¿Hacer qué?

—Liderar el grupo.

—Yo no soy terapeuta. —Leslie Ducat tenía un grupo de mujeres que se reunía los martes. El repertorio de palabras que usaban esas mujeres incluía vocablos como violación, incesto, violencia, abuso. Temas que Katya nunca había tenido que enfrentar en su propia vida. Sabía que contaba con el carisma personal y la condición de pseudofamosa necesarias para hacer de vocera de esas mujeres, ¿pero estaba realmente capacitada para ayudarlas?

Katya era una persona honrada, con un sentido de convicción personal exacerbado que le había gustado a Nina Levine y a una multitud de otras mujeres que la habían visto en muchos de los programas de entrevistas. Ante las cámaras, Katya era brillante, una mujer económicamente independiente con un toque especial y un deseo de hacer del paisaje mental matrimonial un lugar sagrado y armonioso. Katya contaba con la habilidad de actriz necesaria para restarle importancia a su rol de esposa lastimada lo suficiente como para poner de manifiesto sus puntos de vista sobre otros temas políticos que le interesaba promover, principalmente su lucha por la causa contra el microchip.

make the marital mindscape a sacred and harmonious place. Katya had the actress' knack to downplay the wounded wife just enough to get her points across about other political issues she was interested in furthering – most notably her crusade against the microchip.

But she knew her limits, and decided to tell Nina. "I can't do it."

"You'd be great at it! What's the problem?"

"The problem is book signings, interviews, legal hassles and commitments. I'm overwhelmed." She paused, but Nina did not respond. "And underqualified."

"Underqualified? You're the leader of a movement to free all women everywhere!"

"Well, that doesn't mean I'm equipped to handle in an intimate way the tortured lives of ordinary women!"

"I wish you'd think about it. You're a natural."

"I'm a cheerleader, not a therapist."

"But people know you. Like you. Respect you."

"Maybe the true problem is that I just don't want to."

"Katya…"

"Would you look for someone else, please?"

Nina sighed, irritated but not defeated. "I'll try to get Courtney Sellers to do it. She's asked me about you more than once."

Katya heard the insinuation in Nina's voice but decided to ignore it. Nina was bisexual, and had quite a crush on Katya Krebs. Katya knew this, but, never having been with a woman, decided to play it cool for awhile and figure out whether she was truly attracted. At this point, she thought she just enjoyed the novelty. Besides, in the midst of a divorce case, especially one involving adultery, she thought it unwise to be exploratory.

Pero era consciente de sus limitaciones y decidió decírselo a Nina. —No puedo hacerlo.

—¡Lo harías muy bien! ¿Cuál es el problema?

—El problema son los eventos de firma de libros, las entrevistas, las complicaciones y compromisos legales. Estoy agobiada. —Hizo una pausa, pero Nina no respondió—. Y no lo suficientemente calificada.

—¿No calificada? ¡Eres la líder de un movimiento para liberar a todas las mujeres en todas partes!

—¡Pero eso no quiere decir que esté capacitada para tratar de manera íntima las vidas torturadas de mujeres comunes y corrientes!

—Ojalá lo reconsideraras. Tienes un don innato.

—Soy vocera, no terapeuta de estas mujeres.

—Pero la gente te conoce. Les caes bien. Te respetan.

—Quizás el verdadero problema es que simplemente no quiero hacerlo.

—Katya…

—¿Puedes buscar a otra persona, por favor?

Nina suspiró, irritada pero no derrotada. —Voy a tratar de conseguir a Courtney Sellers para que lo haga. Me ha preguntado por ti más de una vez.

Katya notó la insinuación en la voz de Nina pero optó por ignorarla. Nina era bisexual y estaba bastante enamorada de Katya Krebs. Katya lo sabía, pero como nunca había estado con una mujer, decidió actuar como si nada por un tiempo y ver si realmente le atraía. Por el momento, creía que simplemente le gustaba la novedad. Además, en medio de un caso de divorcio, especialmente uno que involucraba el adulterio, no le pareció demasiado prudente ponerse a explorar.

Phil estaba por llegar en cualquier momento y le tocaba a ella cocinar la cena. Bajó las escaleras y abrió el refrigerador, que parecía el pasillo de condimentos del supermercado. Cerró la puerta de un golpe y llamó a Gino's Pizza y pidió una

She was expecting Phil home any minute, and it was her night to do dinner. She went downstairs and opened the refrigerator, which looked like the condiment aisle at the supermarket. She slammed the door shut and called Gino's Pizza for an antipasto salad and a chicken cutlet sandwich. Phil liked that. She scribbled him a quick note, and went out to water the roses.

*****

The alarm clock rang at its appointed time, and out of habit Phil Krebs punched the clock with his fist. This morning's dream featured another variation of the beach scenario, this time with Cindy receding into a background of white Caribbean sand and sparkling, crystal waters with shades of turquoise and lapis intermingling, but with clear, definitive boundaries. The sand threw light like rhinestones, and felt extremely soft to the touch. Phil used the eight remaining minutes to bring the images to consciousness and stepped into the shower to start his day.

Friday was a media day. Today's interview was for a weekly syndicate called "Front Page Live." Phil was to do a routine interview with the host, Mort Murray, and then field questions from the audience, which in recent weeks had become more passionate about the case. It was a tape-delay scenario, where Phil would interview in the morning, the techs would take a couple of hours editing, and the show would air later the same afternoon. Phil had already set his player to record the show. He had a collection of his interviews, which he would refer to when his lawyers needed specific pieces of information or he just felt like seeing himself all made-up under the lights. Phil loved the glitter and the make-up. He loved the lights, the interviews, and the acting lessons. When

ensalada de entrada y un sándwich de pollo. A Phil le gustaba. Le escribió una nota rápida y salió a regar las rosas.

*****

La alarma del reloj sonó a la hora fijada y por costumbre, Phil Krebs le dio un puñetazo al reloj. El sueño de esta mañana presentaba otra variación del escenario de la playa, esta vez con Cindy retrocediendo sobre un fondo de arenas blancas caribeñas y aguas cristalinas y centelleantes con matices de turquesa y lapislázuli entremezclándose, pero con contornos claros y definidos. La arena reflejaba la luz como falsos diamantes y era extremadamente suave al tacto. Phil usó los ocho minutos restantes para traer las imágenes a la consciencia y se metió en la ducha para comenzar su día.

Los viernes eran el día para los medios. La entrevista de hoy era para un programa sindicado semanal llamado Primera plana en vivo. Phil iba a tener una entrevista de rutina con el anfitrión, Mort Murray, y luego respondería a preguntas del público, que en las últimas semanas estaba cada vez más enardecido con el caso. El programa era en diferido, Phil haría la entrevista por la mañana, los técnicos se tomarían un par de horas para editar el material y el programa se emitiría después esa misma tarde. Phil ya había configurado su reproductor para que grabara el programa. Tenía una colección de sus entrevistas, que consultaba cuando sus abogados necesitaban información específica o las veía simplemente cuando tenía ganas de verse todo maquillado bajo las luces. A Phil le encantaban los brillos y el maquillaje. Le encantaban las luces, las entrevistas y las lecciones de actuación. Cuando se encendían las cámaras, a Phil Krebs le sobrevenía una elocuencia y una sinceridad practicada. Bajo las luces, podía mostrar su angustia y mantener su inocencia. Él mismo se había sorprendido estos últimos meses por la facilidad con la que podía convertirse en actor, manteniendo su interior intacto, imperturbado.

the cameras rolled Phil Krebs was overcome with eloquence and a practiced honesty. Under the lights, he could portray his anguish and maintain his innocence. He had surprised himself over the past few months with how easily he could become the actor -- and his inner core could remain intact, untouched.

This morning Phil dressed with a robotic swiftness. The beauticians would redress him, redo his hair and make him up anyway, so there was very little for Phil to do besides brush his teeth. He skipped coffee this morning also – the studios (Channel Four in particular) always had great coffee.

So Phil drove to the station a bit tired and disheveled and sat down to wait. While waiting for the train, a few people said hello to Phil, waved, nodded, or otherwise acknowledged him. One man talked to Phil. "Who are you interviewing with today?"

"Mort Murray," answered Phil politely. Phil was aware that there were a few fanatics who knew his weekly schedule -- that Monday and Friday were his interview days, but his newfangled celebrity had many perks that more than canceled out the occasional invasion of his privacy.

He stepped off the train amidst a dense cloud of human activity and walked towards the Channel Four studios. While walking in the metropolis, Phil walked with keen rhythm and looked down at his shoes. It was a walking meditation for him, a street Zen he had acquired when he first started working at Safebet Insurance three years ago. He was thinking about a hot cup of coffee as he opened the door to the main entrance of Channel Four studios.

The people there were expecting him, and Jerry Younger came to greet him, handing him an index card. "Good morning, Mister Krebs. Mort is expecting you at 9:15. Here's

Esta mañana Phil se vistió con una rapidez robótica. Los esteticistas lo volverían a vestir, lo peinarían nuevamente y lo maquillarían de todas formas, por lo que Phil no tenía demasiado que hacer salvo cepillarse los dientes. Tampoco tomó café esta mañana, los estudios (en particular el Canal Cuatro) tenían siempre muy buen café.

Phil condujo hasta la estación un poco cansado y desaliñado y se sentó a esperar. Mientras esperaba el tren, algunas personas le dijeron hola, lo saludaron con la mano, con la cabeza o de alguna manera lo reconocieron. Un hombre le habló. —¿Con quién tienes entrevista hoy?

—Mort Murray —respondió Phil amablemente. Phil era consciente de que había algunos fanáticos que sabían sus horarios semanales, que los lunes y los viernes eran sus días de entrevista, pero su reciente fama tenía muchos beneficios que de sobra contrarrestaban la ocasional invasión de su privacidad.

Salió del tren en medio de una densa nube de actividad humana y se encaminó hacia los estudios del Canal Cuatro. Cuando caminaba por la urbe, Phil mantenía un ritmo intenso y la vista baja, clavada en sus propios pies. Era una especie de meditación caminando para él, un momento Zen en plena calle, un hábito que había adquirido cuando empezó a trabajar en Safebet Insurance hacía tres años. Iba pensando en un café caliente al abrir la puerta de la entrada principal de los estudios del Canal Cuatro.

Le estaban esperando y Jerry Younger vino a recibirle, dándole una ficha. —Buen día, Sr. Krebs. Mort le espera a las 9:15. Esta es una lista de las preguntas que le harán. Su camerino está listo. Le acompaño. ¿Necesita algo?

—Buen día, Jerry. Café, por favor. Caliente.

—Estoy en eso. Ya se está haciendo en su camerino. — Jerry Younger escoltó a Phil hasta su camerino y Phil le echó un vistazo a las preguntas que Mort Murray le iba a hacer. Le

the list of questions you will be asked. Your dressing room is ready, I'll walk you there. Is there anything you need?"

"Good morning, Jerry. Coffee, please. Hot."

"I'm on it. It's brewing in your room." Jerry Younger escorted Phil to his dressing room, and Phil skimmed the questions Mort Murray was going to ask him. It looked like standard fare. Phil Krebs relaxed and tucked the index card into his pocket. He settled into his chair in front of the mirror with a hot cup of coffee and waited for the team of beauticians to arrive.

J.R., who was Channel Four's lead beautician, came in first. He stood long and lanky with balding close-cropped black hair, horn-rimmed glasses, and a Hawaiian shirt. He was brilliant with Phil's hair, which was sandy and reddish, and quite thick. "Welcome back, Phil." J.R. said. "I'm seeing you in browns today, what do you think?"

"Hey J.R. Whatever you think is fine. You're the pro here."

"I'll make you look gorgeous. Just relax."

"I'm okay."

"What's on Mort's agenda today?"

Phil took out the index card and read through the questions. J.R. always relaxed Phil before the interview. He helped Phil collect his thoughts and put together a rough outline for the interview. Steven Lee, the assistant with two first names, came in and silently began washing Phil's face and applying make-up.

"We're doing browns today, Steven Lee," directed J.R. "Let's bring out more of the red in Phil's hair." Steven Lee silently obeyed, and Phil looked at the card given to him by Jerry Younger at the door. He was to be asked about his work ethic, his views on marriage, and how he had managed

271

pareció un programa estándar. Phil Krebs se relajó y metió la ficha en el bolsillo. Se instaló en su silla frente al espejo con un café caliente y esperó a que llegara el equipo de esteticistas.

J.R., el principal esteticista del Canal Cuatro, vino primero. Se quedó parado ahí, larguirucho y desgarbado con su pelo negro cortito, parcialmente calvo ya, con sus lentes de marco de carey y una camisa hawaiana. Lo que lograba hacer con el cabello de Phil, que era color arena, rojizo y grueso, era increíble. —Hola de nuevo, Phil —dijo J.R.—. Hoy te veo vestido de marrón, ¿qué piensas?

—Hola J.R. Lo que tú digas me parece bien. Tú eres el profesional en esto.

—Te voy a dejar divino. Sólo relájate.

—Estoy bien.

—¿Qué tiene en la agenda Mort para hoy?

Phil sacó la ficha y leyó las preguntas. J.R. siempre hacía que Phil se relajara antes de la entrevista. Le ayudaba a organizar sus pensamientos y a preparar un borrador para la entrevista. Steven Lee, el asistente que tenía dos nombres de pila, vino y en silencio comenzó a limpiar el rostro de Phil y a aplicarle el maquillaje.

—Hoy vamos a usar marrones, Steven Lee —le indicó J.R.—. Tratemos de resaltar más los tonos rojizos del cabello de Phil. —Steven Lee obedeció en silencio y Phil miró la ficha que Jerry Younger le había dado en la puerta. Le iban a hacer preguntas sobre su ética laboral, su opinión acerca del matrimonio y cómo lograba mantenerse tan centrado mientras su caso dividía a casi la totalidad del pueblo estadounidense según el género. Si quedaba tiempo, Mort le pediría a Phil que le diera consejos para los hombres que estuviesen pasando por una situación similar.

Jerry volvió con tres opciones de trajes para usar. Phil dejó que fuese J.R. quien decidiera y en sólo unos minutos Phil estaba maquillado y listo para empezar. Esperó en el sector correspondiente hasta que oyó que Mort Murray anunciaba su nombre.

to stay so centered while his case was cleaving the American populace almost entirely along gender lines. If there was time, Mort would ask Phil to give advice to any men going through a similar situation.

Jerry came in with a choice of three suits to wear. Phil deferred his choice to J.R., and within a few minutes Phil was made up and ready to go. He waited in the wings until he heard Mort Murray announce his name.

"Our next guest is a man who is going to bat for men everywhere. His case is landmark in the ongoing psychological and legal battle between man and woman." Phil, still offstage, shook his head. He knew Mort didn't write that himself. "A man who represents the right to dream – please welcome Phil Krebs."

He walked onstage with attention to his posture and his hands. He shook Mort Murray's hand and sat on the sofa to the host's right.

"Phil Krebs, welcome." Mort said, his tone smooth and slightly disinterested. He had interviewed Phil twice before, but the ratings had gone up considerably after the second interview, and the network pushed to get Phil Krebs back for a third interview. "You've been through quite a bit this past year – lawyers, psychiatrists, counselors, and incredible mental and emotional duress. How do you keep it all together?"

"Well Mort, I have to credit a rigorous routine that helps keep me focused. If I spent too much time thinking about the case I don't know whether I'd be nearly as effective as I am today." Phil looked at the camera with a look of sincerity, one he had been working on with his acting coach. "As you may know, I wake up at the same time every day. And of course, I work out." Phil smiled at this. His workouts with Rollins and the SPI crew were not a secret he had managed to keep from

—Nuestro siguiente invitado es un hombre que saca la cara por los hombres en todas partes. Su caso es un punto de referencia en la actual batalla legal y psicológica entre hombres y mujeres. —Phil, aún fuera del escenario, sacudió la cabeza. Sabía que Mort no había escrito esa introducción—. Un hombre que representa el derecho a soñar, demos la bienvenida a Phil Krebs.

Phil entró en el escenario, prestando atención a su postura y sus manos. Le dio la mano a Mort Murray y se sentó en el sofá a la derecha del presentador.

—Phil Krebs, bienvenido —dijo Mort, en un tono suave y levemente desinteresado. Ya había entrevistado a Phil dos veces antes de ésta, pero el *rating* había subido considerablemente después de la segunda entrevista y el canal presionó para hacer que Phil Krebs volviera para una tercera entrevista—. Has pasado por muchas cosas este año, abogados, psiquiatras, terapeutas e increíbles presiones emocionales y mentales. ¿Cómo haces para no desmoronarte?

—En realidad, Mort, debo darle todo el crédito a una rutina rigurosa que me ayuda a mantenerme enfocado. Si me pasara demasiado tiempo pensando en el caso, no sé si podría ser tan eficiente como soy en este momento. —Phil miró la cámara con una mirada de sinceridad que venía practicando con su instructor de actuación—. Como quizás ya sepan, me despierto a la misma hora todos los días. Y, por supuesto, hago ejercicio. Phil sonrió. Sus ejercicios con Rollins y el equipo de SPI no eran algo que hubiese podido guardar en secreto y todos los que seguían el caso sabían exactamente a qué se refería con 'hacer ejercicio'. Voy a mis citas, pago las cuentas. Hago todo lo posible por seguir llevando una vida normal.

—¿Una vida normal, Phil? ¿Es posible? —Mort Murray miró la cámara—. ¿Aún crees en el matrimonio después de haber pasado por todo lo que has pasado? ¿Aún amas a tu mujer?

his public, and anyone following the case knew exactly what his 'workouts' really were. "I keep my appointments, I pay my bills. I do everything I can to maintain a normal life."

"A normal life, Phil? Is that possible?" Mort Murray looked at the camera. "Do you still believe in marriage after all you've been through? Do you still love your wife?"

"You're asking a few questions there, Mort. Let me try to answer them one at a time." Phil was composed, and really enjoying himself. Scanning the audience, he found faces rapt, listening to what he had to say. "I retain my job as an insurance agent three days a week. It's good for me – the normalcy that the rhythm of my job gives my life." He paused to look at Mort, who nodded perfunctorily and gestured for Phil to continue. "And on Mondays and Fridays, when I have media engagements and talk to lawyers, I awaken at the same time anyway. My routine gives me strength and makes me feel somewhat like the regular guy I used to be."

"Phil, you're far from a regular guy now. Your wife has accused you of adultery – in the dream state. How has this affected your marriage? Are you still in love with Katya?"

"Well, this case has definitely changed our dynamic at home." A few laughs from the audience. "Katya is busy attending to the details of this case, not to mention the rest of our lives. But I stand firmly with the conviction that I have always been, and will continue to be, a faithful husband; and that no court in the land could possibly find fault with a dream amalgam, no matter how well-defined her features." With this a ripple of laughter spread through the crowd. Mort smiled at Phil.

Phil laughed too, at the way things were turning out. He had no need to divorce Katya presently because his sex drive had diminished – it was being channeled into other things,

—Me estás haciendo varias preguntas juntas, Mort. Voy a tratar de responderlas de a una por vez. Phil estaba tranquilo y realmente pasándolo bien. —Echó un vistazo a la audiencia y se encontró con rostros cautivados, escuchando lo que él tenía que decir—. Conservo mi empleo como agente de seguros tres días por semana. Me hace bien, la normalidad que le da a mi vida el ritmo del trabajo. —Hizo una pausa para mirar a Mort, quien asintió con la cabeza mecánicamente y le hizo un gesto a Phil para que continuara—. Y los lunes y viernes, cuando tengo las citas con los medios y charlas con los abogados, me despierto a la misma hora de todas formas. Mi rutina me da fuerzas y, de cierta manera, me hace sentir como el hombre común que solía ser.

—Phil, ya has dejado de ser un hombre normal. Tu esposa te ha acusado de adulterio, mientras sueñas. ¿Cómo ha afectado esto tu matrimonio? ¿Sigues enamorado de Katya?

—Definitivamente este caso ha cambiado nuestra dinámica en casa. —Hubo algunas risitas del público—. Katya está ocupada con los detalles del caso, sin mencionar el resto de nuestras vidas. Pero yo sigo firmemente convencido de que siempre he sido, y seguiré siendo, un marido fiel, y que ningún tribunal del mundo podría nunca determinar que existe culpa alguna en un amalgama de sueños, independientemente de qué tan bien definidos sean sus rasgos. —Con este comentario, una ola de risas se propagó por el público. Mort le sonrió a Phil.

Phil se rio también, por la manera en que estaban resultando las cosas. No tenía necesidad de divorciarse de Katya en ese momento porque su apetito sexual había disminuido, lo estaba canalizando en otras cosas, principalmente en refinar el mundo de sus sueños. Los números de aprobación pública de Phil se estaban disparando y sus amigos y compañeros del trabajo todos pensaban que era comiquísimo que un hombre que siempre había sido fiel a su esposa fuese quien terminara acusado de Don Juan en una demanda judicial por adulterio.

mostly the refining of his dream world. Phil's popular appeal numbers were skyrocketing, and his friends and co-workers all thought it hilarious that a man who had always been faithful to his wife should be the on the philandering end of an adultery suit. Phil played his hand like a pro, and marveled that his marriage could simultaneously be so frigid and so personally satisfying.

"This may be difficult to understand, Mort, but I do love Katya, even now, after the divorce proceedings and the media barrage and the separate rooms and the total estrangement." Phil looked at the audience, then turned his attention back to the host. "This case has given her a sense of purpose, no matter how misdirected it seems to me; and I love the fire in her eyes and the way she faces her world." Phil paused for effect. "I only lament that it no longer includes me."

There was an audible sigh in the audience, and a cue from behind the cameras. Mort Murray took the cue. "Thank you, Phil. Your story is inspirational."

"I just want to do what I feel is right, Mort."

"We've been talking with Phil Krebs, the defendant in *Krebs v. Krebs*. More after these commercial messages." The audience applauded and the lights dimmed. The commercial would be inserted later, and fifteen seconds later the lights came up again. Mort Murray began as if returning from commercial break. "We're talking with Phil Krebs, defendant in *Krebs v. Krebs*, the first divorce proceeding to be predicated on the grounds of dreaming adultery. Phil, what makes you want to fight this case?"

"It's not that I want to fight, Mort. I've always been a faithful husband, and I still love Katya. Unfortunately, my wife has given me very little choice. I could walk away and pay half, but Katya has more money than I do, and there is no reason for

Phil se desempeñaba como un profesional y se maravillaba de que su matrimonio pudiera ser a la vez tan frígido y tan satisfactorio desde el punto de vista personal.

—Quizás esto resulte difícil de entender, Mort, pero en realidad amo a Katya, incluso ahora, después del juicio de divorcio y el asedio de los medios y los cuartos separados y el total distanciamiento. —Phil miró al público y luego volvió su atención al presentador—. Este caso le ha dado un propósito, más allá de lo equivocada que a mí me pueda parecer que está, y me encanta ver ese fuego en sus ojos y la manera en la que se enfrenta al mundo. —Phil hizo una pausa para tener más impacto—. Lo único que lamento es que su mundo ya no me incluya a mí.

Se escuchó un suspiro audible proveniente del público y hubo una señal desde atrás de las cámaras. Mort Murray captó la señal. —Gracias, Phil. Tu historia es toda una inspiración.

—Sólo trato de hacer lo que siento que es correcto, Mort.

—Estamos conversando con Phil Krebs, el acusado en el caso *Krebs versus Krebs*. Continuamos después de los siguientes mensajes publicitarios. —El público aplaudió y bajaron las luces. Insertarían la publicidad después y a los quince segundos se encendieron nuevamente las luces. Mort Murray comenzó como si volvieran de la pausa comercial—. Estamos hablando con Phil Krebs, el acusado en el caso *Krebs versus Krebs*, el primer caso de divorcio basado en el argumento de adulterio al soñar. Phil, ¿qué te empuja a querer luchar en este caso?

—No es que quiera pelear, Mort. Siempre he sido un marido fiel y todavía amo a Katya. Desafortunadamente, mi esposa no me ha dejado muchas opciones. Podría marcharme y pagar la mitad, pero Katya tiene más dinero que yo y no tengo por qué aceptar esto sin patalear. Yo trabajo, pago las cuentas a tiempo y le brindo a Katya todas las comodidades externas que

me to take this lying down. I go to work, I pay the bills on time, and I provide Katya with all the external amenities that signify an economically healthy marriage. What have I done wrong?"

"This is the question the courts are debating. Have you cheated on Katya?"

"What do you think, Mort? Haven't you ever had a fantasy?" Mort nodded his head sympathetically. "I'm a guy who's got a routine. I work hard to provide for my household. Katya is an heiress. If anything, I feel that Katya's odd hours and her lack of steady work made her irritable, unfriendly, and less desirable as a wife." Phil sipped his water. "Katya's a strong woman, and one who fights for what she believes in. I respect Katya's efforts to keep the microchip out of the brains of our youth. It's a good cause." He paused. "But her time spent working, especially at nights, has distracted her from the commitments of our marriage."

"So Phil, is there anything left to fight for? Does Katya love you?"

"You know, it's ironic," said Phil Krebs, laughing. He laughed a lot these days, and so did Katya. "Our marriage, in essence, ended almost two years ago. But in an adversarial way, on the rare occasions that we're home together, we're great friends." Phil smiled to himself, but in a way he knew the camera would catch. "I love her, Mort. But she doesn't know how to love another person. She loves ideas. So to answer your question, there's nothing to fight for, but nothing to be gained by stopping now, either."

"Thank you for your time, Phil." Mort Murray turned to the audience. "That was Phil Krebs, defendant in the dreaming adultery case brought by his wife, Katya. We're sure you've been following it. Until next time, this is *Front Page Live* with Mort Murray. Have a newsworthy day."

representan un matrimonio saludable desde el punto de vista económico. ¿Qué es lo que he hecho de malo?

—Esta es la pregunta que se debate en los tribunales. ¿Le fuiste infiel a Katya?

—¿Tú qué crees, Mort? ¿Me vas a decir que nunca tuviste una fantasía? —Mort asintió con la cabeza con comprensión—. Soy un tipo que mantiene una rutina. Trabajo mucho para sustentar a mi familia. Katya es una heredera. En todo caso, creo que los horarios irregulares de Katya y el hecho de que no tiene un trabajo estable la han vuelto irritable, hostil y menos atractiva como esposa. —Phil tomó un sorbo de agua—. Katya es una mujer de carácter fuerte, que lucha por sus convicciones. Respeto todo lo que hace Katya para evitar que el microchip entre en los cerebros de nuestros niños. Es una buena causa. —Hizo una pausa—. Pero el tiempo que pasa trabajando, especialmente de noche, ha desviado su atención de sus obligaciones matrimoniales.

—Entonces, Phil, ¿crees que queda algo por lo que valga la pena luchar? ¿Crees que Katya te ama?

—En realidad, es gracioso —dijo Phil Krebs, riéndose. Se reía mucho últimamente y Katya también—. Nuestro matrimonio, en esencia, terminó hace casi dos años. Pero las pocas veces que estamos en casa al mismo tiempo, somos buenos amigos de una manera antagonista. —Phil sonrió para adentro, pero de una manera que sabía sería captada por la cámara—. La amo, Mort. Pero ella no sabe cómo amar a otra persona. Ella ama las ideas. Para responder a tu pregunta, no queda nada por lo que valga la pena luchar, pero tampoco ganaría nada abandonando la lucha ahora.

—Gracias por tu tiempo, Phil. —Mort Murray se volvió a mirar al público—. Era Phil Krebs, acusado en el caso de adulterio en sueños iniciado por su esposa, Katya. Estamos seguros de que lo vienen siguiendo. Hasta la próxima, somos *Primera plana en vivo* con Mort Murray. Que tengan un día para los titulares.

The audience applauded Phil Krebs, and not just perfunctorily. Phil shook hands with the host and walked offstage with perfect posture, returning to his dressing room and the waiting hands of J.R. and Steven Lee.

"Philip," said J.R., "Dazzling. I'm touched." He applied a liberal dollop of cold cream. "Have they booked you for another round?"

"Not yet." Phil sighed, contorting his face as Steven Lee went to work with a sponge. "This was the third interview. I think I'm starting to burn out."

"Don't say that, Phil. You're a natural." Phil thanked him and sat patiently as the two beauticians exfoliated him and returned him to his street clothes. His interview had ended earlier than he had expected, and Phil Krebs walked with his eyes on his shoes all the way back to the subway, which would take him to the train, which would take him to his car, which would take him home.

*****

Katya rolled over and bumped into a lump in her bed. For a moment she was startled, accustomed to sleeping alone. She saw the head of hair and remembered it to be Nina Levine, who had insisted on driving her home after a wild night at Fillmore's. Katya was a little too drunk, so she acquiesced and invited Nina in to see the house for the first time. Katya was hung over, but she was pretty sure that nothing happened between them. Still, she was startled at a certain guilt about bringing somebody home. This allegiance to her marriage surprised and worried Katya. Lately she had thought of herself as independent and carefree.

While waiting for the tub to fill, she turned on her own player to record Phil's upcoming interview with Mort Murray. Katya and Phil had a library of every show they had ever done, every interview they had ever given - separately or

El público aplaudió a Phil Krebs, y no con indiferencia. Phil le dio la mano al presentador y salió caminando del escenario con una postura perfecta, volviendo a su camerino y a las manos de J.R. y Steven Lee que lo esperaban.

—Philip —dijo J.R. —, deslumbrante. Estoy emocionado. —Le aplicó una generosa pizca de crema fría—. ¿Ya te contrataron para otra ronda de entrevistas?

—Todavía no. —Phil suspiró, retorciendo la cara mientras Steven Lee le pasaba una esponja—. Esta fue la tercera entrevista. Creo que estoy empezando a cansarme.

—No digas eso, Phil. Naciste para esto. —Phil le agradeció y se quedó sentado con paciencia mientras los dos esteticistas lo exfoliaban y lo devolvían a sus ropas de calle. La entrevista había terminado antes de lo que esperaba y Phil Krebs caminó con la vista fija en sus zapatos todo el camino de regreso al metro, que lo llevaría al tren, que lo llevaría a su carro, que lo llevaría a su casa.

✶✶✶✶✶

Katya se dio vuelta y chocó contra un bulto en su cama. Por un momento se sobresaltó, acostumbrada a dormir sola. Vio la cabellera y recordó que era Nina Levine, que había insistido en llevarla a su casa después de una noche de fiesta en lo de Fillmore. Katya estaba un poco borracha por lo que cedió e invitó a Nina a entrar para que vea la casa por primera vez. Katya tenía resaca, pero estaba casi segura de que no había pasado nada con Nina. Aun así, la sorprendió sentir una cierta culpa por haber traído a alguien a la casa. Sentir esa lealtad por su matrimonio la sorprendió y preocupó. Últimamente Katya pensaba que era una mujer independiente y despreocupada.

Mientras esperaba que se llenara la bañera, encendió su propio reproductor para grabar la próxima entrevista de Phil con Mort Murray. Katya y Phil tenían una biblioteca de cada programa que habían hecho, cada entrevista que habían dado, por separado o conjuntamente, ya sea radio, video, en línea o impresa. Con Nina Levine en su cama y un grupo de doce

simultaneously - radio, video, online, and print. With Nina Levine in her bed and a group of twelve disenfranchised wives asking for her leadership, Katya Krebs suddenly realized that she was rather lucky to have a man like Phil in her life. She was exhausted, and Phil just left her alone. Unplugging the phone and closing the bathroom door, Katya peeled off her clothes and waited for the bath to fill.

Phil Krebs pulled in to the driveway and parked next to an unfamiliar bronze Mercedes with New Jersey plates. He shuffled to the door and went straight to the guest bedroom. He flopped down on his bed and dreamed of the day when the lawsuit would come to an end. After his third interview with Mort Murray, something in him had snapped. The celebrity of it all had worn thin. Because of the precedents being set in this case, the courts were being too slow and careful, and it seemed like the case might drag on forever. Phil closed his eyes, and out of habit started visualizing Cindy. He traced her outline, her curvaceous essence that so desperately lacked a soul. But the vision was hollow. He needed to either hold his wife in his arms or get out of the marriage for good.

In anguish he pulled himself out of bed and bounded up the carpeted flight of stairs. Without knocking he burst into Katya's room. In shock, he looked at the bed that should have held his wife. A woman with tousled blond hair and opaque blue eyes picked her heavy head up from the feather pillow and looked up at him with a sleepy grin. "Phil?" she asked.

"Cindy?" he gasped. The face was almost an exact match.

"What?" Nina said.

Upon hearing Phil's voice, Katya, wearing only a towel, came out from behind the bathroom door and sat down on the bed. "What did you say?" she asked Phil. "Did you say Cindy?"

esposas desamparadas pidiéndole que las liderara, Katya Krebs de repente se dio cuenta de que era bastante afortunada de tener a un hombre como Phil en su vida. Estaba exhausta y Phil la dejaba tranquila. Desenchufó el teléfono y cerró la puerta del baño para desnudarse y esperar a que se llenara la bañera.

Phil Krebs subió a la entrada para el carro y estacionó al lado de un Mercedes color bronce desconocido con matrícula de New Jersey. Caminó arrastrando los pies hasta la puerta y pasó derecho a la habitación de huéspedes. Se desplomó en la cama y soñó con el día en que el caso llegaría a su fin. Después de esta tercera entrevista con Mort Murray, algo en él había hecho clic. La fama que implicaba todo esto se había agotado. Debido a los precedentes que se estaban estableciendo con este caso, los tribunales eran demasiado lentos y cuidadosos y daba la impresión de que el caso se iba a hacer eterno. Phil cerró los ojos y, por costumbre, empezó a visualizar a Cindy. Trazó su contorno, su esencia voluptuosa que con tanta desesperación carecía de alma. Pero la visión estaba vacía. Necesitaba tomar a su esposa en sus brazos o salirse de ese matrimonio de una vez por todas.

Atormentado, se arrancó de la cama y subió a saltos el piso de escaleras recubiertas de alfombra. Sin tocar la puerta entró en la habitación de Katya. En estado de conmoción, se quedó mirando la cama donde debería haber estado su esposa. Una mujer con cabellos rubios enmarañados y ojos azules opacos levantó su pesada cabeza de la almohada de plumas y lo miró con una sonrisa adormilada. —¿Phil? —preguntó.

—¿Cindy? —dijo Phil en un grito ahogado. El rostro era prácticamente idéntico.

—¿Qué? —dijo Nina.

Al oír la voz de Phil, Katya, envuelta en tan sólo una toalla, salió del baño y se sentó en la cama. —¿Qué dijiste? —le preguntó a Phil—. ¿Dijiste Cindy?

—Sí, dije Cindy. Es increíble.

"Yes, I did. It's amazing."

"What's amazing?"

"She looks just like her."

"Who looks like who?"

"You must have dreamed about her back when we still shared a bed." Almost as an afterthought he added, "Who is this woman, Katya? And what is she doing in your bed?"

"This woman is Nina Levine."

"The lesbian friend of yours who does all the political stuff?"

"I'm bisexual," Nina corrected.

"Whoever you are, this is incredible."

Phil took his phone from his pocket and took a few quick snapshots of Nina Levine in Katya's bed, and Katya beside her wearing only a towel, and said, "This is for evidence." he looked again at Nina, her blue eyes, the tousled blond hair. He opened his mouth to speak, but nothing came. Phil Krebs took one last look at the two women – his wife and the woman he thought he had created – and walked out of the house. The sky was as clear as a densely populated suburban sky could be, and before he knew where he was going he was on his way to Lucky Gardens, his favorite Chinese restaurant, where he always took himself to contemplate the future. He took out his phone and called Lee Kim.

"Hey, it's Phil. Call me back when you get this. We've got a break in the case."

*****

END

—¿Qué es increíble?

—Son idénticas.

—¿Quiénes son idénticas?

—Debes haber soñado con ella hace tiempo cuando todavía compartíamos la cama. —Y casi como una ocurrencia tardía, agregó—: ¿Quién es esta mujer, Katya? ¿Y qué está haciendo en tu cama?

—Esta mujer es Nina Levine.

—¿Tu amiga lesbiana que se dedica a todas las cuestiones políticas?

—Soy bisexual —lo corrigió Nina.

—Quienquiera que seas, esto es increíble.

Phil sacó el teléfono de su bolsillo y tomó un par de fotos rápidas de Nina Levine en la cama de Katya y de Katya a su lado envuelta en tan sólo una toalla y dijo: —Esto es para tener evidencia. —Volvió a mirar a Nina, sus ojos azules, el cabello rubio revuelto. Abrió la boca como para hablar, pero no le salió ninguna palabra. Phil Krebs miró una vez más a ambas mujeres, a su esposa y a la mujer que él creía que había creado, y salió de la casa. El cielo estaba tan diáfano como puede estarlo el cielo de un área suburbana densamente poblada y, antes de darse cuenta de a dónde iba, se encontró camino a Lucky Gardens, su restaurante chino preferido, a donde siempre iba cuando quería contemplar el futuro. Sacó su teléfono y llamó a Lee Kim.

—Hola, soy Phil. Llámame cuando puedas. Hubo un avance en el caso.

*****

FIN

ALSO BY SHERM DAVIS

FICTION
LEARNING TO STUTTER - A NOVEL
WWW.LEARNINGTOSTUTTER.COM

MUSIC
SOUNDCLOUD.COM/EYEBOX

Notes on translation

The translation process for this collection of stories began in Guatemala in 2013, when I was connected by a mutual friend with Laura Santana, who agreed to translate a batch of my shortest pieces for a reasonable price. As the scope of the project grew, I posted it at translatorsbase.com and got over sixty replies from all over the world. From those sixty I chose six, and sent them all the same story, which is not in this collection.

From this I received six entirely different translations, and only then did I begin to understand more of the subtleties of a good translation. Living in Shanghai during this time, we met Pouneh, whose love of food, MahJong, and Roy led me to her keen editor's eye in both languages. Pouneh read and edited various translations along the way and offered invaluable grammatical assistance.

Eugenia Garcia Olea has been communicative and candid throughout the journey, and I am grateful for her grasp of the spirit of the story, not only the letter.

Geraldine Pearse in Guatemala edited all of Laura Santana's work and answered my linguistic questions in stride. Mariela Quintero put the finishing touches on the manuscript in Spanish.

And in translation and everything else, Sheni has always reminded me to keep it simple.

This book was completed in early 2016 at Peña de Oro overlooking Lake Atitlán, Guatemala.

www.ingramcontent.com/pod-product-compliance
Lightning Source LLC
Chambersburg PA
CBHW062135170626
46813CB00002B/699